僕は、音がした自分の右腕辺りを見る。

そしたら――

赤い鮮血が、僕の腕の代わりに垂れていた。

「――ツツツ!?」

声にならない悲鳴が、僕の喉から吐き出される。

痛い……痛い、痛い痛い痛い痛い痛い痛い痛い痛い痛い痛い痛い痛い痛い痛い痛い痛い痛い痛い痛い痛い痛い痛い痛い

アガト
テンチ、ガリッスル、
リカードとパーティを組み、
リーダーを務めている。
他人の窮地を放って
おけない性質。
無倒 屈止無
幼い頃から酷い虐待、
いじめに遭っていたせいで、
様々な感情が欠如している。
特に痛みに対する耐性は異常
で、苦しむことはおろか、
悲しむことや怒ること
すらしない。

テンチ
とある事情によりアガト、ガリッスル、テンチ以外の他人を信じられない少女。人目のある所ではフードを被っている。
ガリッスル
筋肉を信仰する筋肉マニアだが、本人は虚弱体質。むしろ魔術の才があり、火属性の魔術の扱いに長けている。
リカード
生命教の教えは絶対と考えており、普段は大人しいが生命教が関わると急に人が変わる。

「――――！」
突然、空から光が降ってきた。赤く輝く、
細く短い一つの線。それが僕の所へと着弾し、爆発した。
小さいのになんてエネルギーを内包しているんだッ。
僕の体は吹き飛ばされる。
しかも、線は今の一つじゃない。
雲から、大量の赤い光が、地上に向かって降り注ぎ始めた。

雪ノ狐
Illust. 増田幹生
貰った三つの外れスキル、
合わせたら
最強
でした
1

# Contents



口絵・本文イラスト　増田幹生

# プロローグ

僕《ぼく》は今、手術台に乗せられている。

視界に入ってくるのは、僕の頭部の上に取り付けられた照明の橙色《だいだいいろ》の光だけ。

両脇《りょうわき》には、消毒を済ませた医師・看護師が複数人、手術の準備を済ませ、立っている。


僕の家庭は普通《ふつう》ではなかった、と思う。

父親はギャンブル依存《いぞん》症で、金遣《かねづか》いが荒《あら》く、暴力の行使を厭《いと》わない人で、母親は妄想癖《もうそうへき》のあるヒステリー。

気に食わないことがあればすぐに暴力を振《ふ》るい、上機嫌《じょうきげん》でも娯楽《ごらく》感覚で暴力を振るってくるような、ちょっと変わった人達だった。

周りから聞こえてくる話を参考にすれば、僕の両親は毒親と呼ばれる類らしい。本来なら、教師や児童相談所に話し、保護等の措置《そち》を取ってもらわないといけないレベルらしい。僕としては、物心ついた時から両親の暴言・暴力は日常的だったから、慣れて、そこまで問題に思わなかったけど。

それに、僕が大きくなるに連れ、両親から暴力を振るわれる回数も減ったし、素直《すなお》に言うことを聴《き》いておけば怒《いか》りを向けられることも無い。だから、これからも素直に言うことを聴いておけば問題ない、そう思っていた。


あれは、高三の冬。以前から親に「高校を卒業したら働け」と言われていたので、その通りにしようと就職活動に勤《いそ》しみ、色々な会社の面接を転々としていた頃《ころ》。

その日も、面接を終えた僕は、いつものように夕飯の買い出しを行い、家へと帰ってきていた。

しかし、僕はいつも通りでも、家の中の様子はいつもと違《ちが》っていた。父親も母親も、家に居なかったんだ。

いつも必ずどちらかは家にいるのに、と不思議に思いつつも、僕は夕飯の準備に取りかかる。中学生になったぐらいから、家事は全て僕のやることだったから。

大体一時間ぐらいで三人分の食事を作り終えた僕は、それから完成した料理にも手をつけず、二人が帰宅するのを待つ。先に食べなかったのは、両親から「俺達より先に飯を食べるな」と言われていたから。その言いつけ通り、大人しく両親の帰りを待つ。

全然帰ってこないなぁなどと考えつつ、その日、何時間も両親の帰りを待ったが――

二人は帰らなかった。仕方がなかったので、その日は夜ご飯も食べずに就寝《しゅうしん》。

それから、次の日も、そのまた次の日も、両親が帰ってくることは無かった。

こんなにも長く両親が家を空けることは無かったから、流石《さすが》の僕も疑問を感じていた。

それでも、自分から何かをする気にはなれず、必要最低限、両親の言いつけは守ろうと、作ったご飯には手をつけず、就職活動を続け、家事をこなしながら、日々を過ごしていた。

両親が帰らない理由なんて僕には分からない。考えても無駄《むだ》だと判断したから、何も考えず、両親が帰ってきた時に怒《おこ》られないようにするため、ひたすら両親の言いつけを守っていた――そう、あの日まで。


両親が家を空けてから数日が経《た》ち――両親が帰ってくる代わりに、来客があった。

ガラの悪い集団だ。何度も呼び鈴《りん》を鳴らし、僕が出るまで扉《とびら》を叩《たた》き続けるような人達。

とりあえず扉を開け、話を聴くと、両親が借りたお金を返してもらうためにやってきた人達だと分かった。

両親に借金があるのは知っていた。でも、額《がく》までは知らなかった。両親は色々な所からお金を借りていて、借金の額が数千万にも上《のぼ》っていた。

数千万なんて、一括《いっかつ》で返しきれる額じゃない。けれど、返済が遅《おく》れると、かかる利子によってさらに借金が膨《ふく》れ上がっていく。とてもじゃないけど、一生の内に返しきれるとは思えない。

ここで初めて両親が帰ってこない理由を知った。〝夜逃《よに》げ〟である。いや、昼の内に出ていったから昼逃《にげ》げ？　まぁいいや。とりあえず、お金を返しきれなくなったから逃げ出した、この認識《にんしき》に間違《まちが》いはないだろう。

つまり、僕は実の両親に捨てられた、という訳だ。

その後の借金取りの人とのやり取りはこんな感じ。

「なんや、親がしてる借金の額すら知らんかったんかい」

「はい」

「はい、て……まぁえぇや。とりあえず、俺《おれ》らが何者かは分かったやろ？　俺らがしたいんは金の話や。借りたもんはきちんと返そうっつう話。子供じゃ相手にならん。とっとと親出しぃ」

「いません」

「いや、もう庇《かば》わんでえぇて。今の話聴いて分かったやろ？　これはきちんと本人同士で話し合わなかん内容や。な？　はよ出してくれや」

「いえ、あの、もう数日帰ってきてないんです」

「……は？」

「だから、本当にいないんです、親」

数秒の間、借金取りの人は驚《おどろ》いたような顔をする。

でも、すぐに僕の言ったことが理解できたのか、呆《あき》れたような顔つきをすると、後頭部を掻《か》き出した。

「……つまりはあれか？　夜逃げしたっちゅうことかいな」

「おそらく」

「マジかいな……というか坊主《ぼうず》、よぉそんな平然《へいぜん》としてられるなぁ」

「……？」

「……っち、とりあえず、家の中見させてもらってええか？」

「どうぞ」

「お前らは入口見張《みは》っとけ」

僕は借金取りの人を家に上げる。

全員上げるつもりだったけど、家に上がったのは話をしていた人だけ。他の人は入らず家の前で待機していた。

その後、借金取りの人が家の捜索《そうさく》を行い始める。が、勿論《もちろん》誰《だれ》もいないので、成果を得られる訳もなく。

借金取りの人がまた舌打ちをした。

「まぁじで誰《だれ》もおらんがな」

「そりゃあ、まぁ」

「こりゃあ本当に夜逃げしたんかぁ？　というか、この無駄に作られた料理はなんなん？」

「家事は僕の仕事なので」

「いや、そうやなくてな」

借金取りの人が「なんで作ったんに食ってへんの？」と呆れている。

が、すぐに表情を切り替《か》え、何やら思考を巡《めぐ》らせ始めた。

「んー……坊主、親戚《しんせき》に連絡《れんらく》できるか？」

「できないです」

「連絡先《れんらくさき》知らないんか？」

「いや、そもそも、親戚いるかすら分からないです」

「……」

借金取りの人がまた呆れたようにこちらを見てくる。

「まぁええわ。坊主、手持ちいくらや？」

「え？　あ、えっと……三百七十一円です」

このお金は、親から渡《わた》された数日分の食費の残り。

財布《さいふ》を取り出し、残っている小銭《こぜに》を借金取りの人に見せる。

「……。坊主、通帳の場所知っとるか？」

「えっと……そこの棚《たな》です」

「ここか？」

借金取りの人が僕の指した棚を漁《あさ》っていく。

父母共にそこの棚に通帳をしまっていた。しかも、取りやすくするためか、そこの棚にはお金関係の物しか入れてなかったので、すぐに見つかる筈《はず》なんだけど……。

予想に反し、通帳は全然見つけられず、少しの間、借金取りの人が棚を漁っていた。

借金取りの人が漁った結果を呟《つぶや》く。

「……無いやんけ」

「じゃあ分からないです」

その棚以外に通帳がある場所を知らない。だから、正直にそれを告げる。

すると、借金取りの人が大きく肩《かた》を落とした。通帳が無くて落ち込んでいる……という
より、明らかな異物に出会って調子を崩《くず》されてる感じ。
借金取りの人が一つ息を吐《は》いた。
「あれはできない、それは知らない――で、済まされない世界もあるんやで、坊主。親
が仕出《しで》かしたことや。このままやと、血縁《けつえん》ゆうことで、坊主に支払《しはら》ってもらうことになる
ぞ。ええんか？」
「んぅ〜、まぁ、そうなるなら、仕方ないかなって」
「……学生な割に、なんか冷めとんなぁ、坊主」
「……？」
「でも、代わりに払《はら》うとは言ったものの、実際はどうするんや？　坊主、金持ってへんの
やろ？」
「働いて稼《かせ》ぐしかないですね」
「それじゃ遅過《おそす》ぎや。しかも、俺らが求めるだけの額を用意できる確証も無い。そんな考
えじゃ、甘《あま》いと言わせざるえんなぁ」
「んー、じゃあ、どうすれば……？」
それを訊《き》くと、借金取りの人はまた大きく息を吐いた。

「あんなぁ、俺らも大分《だいぶ》待ったんよ。これ以上は待てへん。死《し》に物狂《ものぐる》いで考えやぁよ。さもないと――」

「さもないと？」

「その体、売ってもらうで」

僕の胸に指を当てて、さっきよりも声を低くしながら、そんなことを告げてきた。

「体？」

「まぁ、端的《たんてき》に言うと臓物……臓器やな。坊主の肝臓《かんぞう》、腎臓《じんぞう》、足りなかったらその他諸々《もろもろ》、必要な分、坊主の体を貰《もら》わんといけんくなる」

「……」

なるほど、お金を得るにはそういった手段もあるのか。

僕は顎《あご》に手を当てて思考を始める。

「……ふっ、まぁ流石《さすが》にこれは冗談《じょうだん》や。流石の俺らだってそこまでせぇへんて。そんな深刻《しんこく》そうな顔せんでも大丈夫《だいじょうぶ》や。でも、お金の件まではチャラにできん。逃げられ――」

「じゃあ臓器売ります」

「――てもあれやしな。やから、俺らの指定する所で働いて……あ？」

借金取りの人が不可解そうな顔をして、こっちを見てきた。

「おま、今、なんつった⁉」

「え、臓器売りますって」

「…………はぁ⁉」

まるで「信じられない」とでも言わんばかりに瞠目《どうもく》して、大きく声を荒らげた。

「自分が何言っとるか分かってるんかぁ⁉ 坊主ぅ‼」

「え、あ、はい」

何でこんなにも怒っているんだろうか？ そもそも、この可能性を教えたのはこの人なのに。

自分が何を言ってるのか、それは勿論《もちろん》分かってる。

臓器を売るってことは、同時に自分の未来も提供するってことでしょ？

この人達が正規の手続きに則《のっと》って手術を行うとは考えづらい。きちんとした設備が整っているかも分からない場所で、医師も疑問が残る人が行うことになるんじゃないかな？

そんな所で手術を受ければ、十中八九、僕は死ぬことになるだろう。

でも、だからどうしたと言うのだろうか。

別に、自棄《やけ》を起こしてこの選択《せんたく》を選んだ訳じゃない。きちんと考えて、この結論を出した。

例え、ここで死を選ばず、働くという名の延命を選んだ所で、利子によって膨れ上がる借金を返すために、僕の一生は彼《かれ》らのために食い潰《つぶ》されることになるだろう。

それは結局、死を意味するのとなんら変わりないじゃん。それどころか、こっちの選択の方が時間を無為《むい》に使うことになる。

どうせどちらを取っても死ぬのなら、時間を使わずに済む方が良い。彼らにとっても、僕にとっても。

僕が臓器を売る選択をした後、何故《なぜ》か借金取りの人が「考え直せ！」と説得をしてきたけど、結局何を言われても僕は考えを変える気は起きなかった。その様子を感じ取ったからか、借金取りの人も最後は渋々《しぶしぶ》僕の意見を了承《りょうしょう》してくれた。冗談とはいえ、提案した側が渋々引き下がるというのもおかしな話だけどね。

その後、僕の意見を受け入れた借金取りの人の協力もあり、紆余曲折《うよきょくせつ》ありながらも、なんとか臓器提供で借金をチャラにする形で話が落ち着いた。

これで、僕の死は無駄にならずに済む。今まで意味の無い人生を送ってきた僕の終わり方としては上々なのではないだろうか。

これが、手術台に乗っている理由。と、同時に、僕が見る最後の光景が、この橙色の光だった理由でもある。

□□□

「馬鹿だろ、キサマ」

次に目を覚ました瞬間《しゅんかん》、僕は罵倒《ばとう》されていた。

罵倒してきたのは――見ず知らずの少女。

「面白《おもしろ》い男がいると思って覗《のぞ》いてみたはいいものの……ここまで阿呆《あほう》とはな」

小学生ぐらいの女の子。鋭《するど》い目付きに金髪《きんぱつ》の不良児。片方の肩を露出《ろしゅつ》させる白Tシャツ、その下に黒の見せブラを着用している。下は紺《こん》のホットパンツに白黒縞模様《しまもよう》のニーソを履《は》いているので、見事《みごと》に大腿部《だいたいぶ》が強調されている。全体的に露出の多い娘《むすめ》だ。いくつか指輪を嵌《は》め、耳にはピアスと、アクセサリーを多数身に着けている上に、さらには咥《くわ》えタバコと、かなり素行《そこう》が悪そうだ。身長が低く、幼《おさな》い外見をしているけど、意外と年齢《ねんれい》は高めなのかな？

「無我《むが》無我《むが》と思って見ていたが……呆れた。あそこで死ぬのが自分のためだと？　ふざけたことを。あんなのは逃げただけだ。つらい現実から、自分の思いから、ただ目を背けただけ。何者にも勝てないから、全てをかなぐり捨てる？　そんなもの、愚者《ぐしゃ》以外の何者でもないぞッ」

酷《ひど》く苛立《いらだ》っているのが伝わってくる。なんでこんなにも怒っているのだろう？

僕のことを見てたって言うけど……どこで見てたんだろ？　知り合い……ではないと思うんだけど。

「愚《おろ》か者を嘲笑《あざわら》ってやろうと見ていたが……まさか最後にあんな茶番を見せられるとはなッ。不快だ、興醒《きょうざ》めもいいとこだ。はぁ……まぁ、もう選んでしまった以上、やり直しは利かないんだが……」

何やらブツブツ呟《つぶや》いている。えっと……これはどうすればいいんだろ？

とりあえず、僕に怒っているのは間違いないんだし……謝《あやま》っておくべきかな。

「えっと……ごめんなさい？」

とりあえず、僕は頭を下げる。

すると、女の子が呟くのをやめ、こちらをジーと見てきた。

「……………まぁいい。過ぎたことを気にしても得られるものは何も無いしな。キサマの今後に期待するとしよう」

どうやら、怒りを呑《の》み込んでくれたみたいだ。

ただまぁ、

「あー、それはありがたいけど……でも、僕に今後は――」

僕に今後は無い、それを伝えようとした所で――思い出した。

そうじゃん、僕、死んだ筈じゃん。そういう契約《けいやく》を結《むす》んで、あの手術に臨《のぞ》んだ、のに
……どうして、僕はこうして意識を取り戻《もど》しているんだ？

目覚めてから初めて、僕は辺りに目を向け始める。

「………」

どこ、ここ？

僕は今、文字通り真っ白な空間にいた。

「ふん、やっと気付いたのか？　愚鈍《ぐどん》な奴《やつ》だな」

女の子がこちらを見下すように笑う。

僕が今いる場所は、どこまでも広い空間だ。いや、正確には、どこまでも広く見える空間。目印になるようなものが一つも無い。影《かげ》すらも無い。どこまでも白という色で埋《う》められた空間、それがここ。

ここに居るのは、僕と目の前の女の子だけ。机や照明、椅子《いす》すらも無く、模様も無ければ飾《かざ》り気《け》も無い。

まさしく現実離れした空間。少なくとも、僕はこんな場所を知らない。

「あの――――」

「大方、『ここがどこか？』と質問したいのだろ？　まぁ焦《あせ》るな、今から順を追って説明してやる」

僕が質問する前に、女の子は僕の訊きたいことをズバリと言い当て、「焦るな」という言葉と共に手で制止してきた。

「まぁ、まずはいつも通りのこれからだな。いいか？　耳の穴をかっぽじってよく聴けよ」

女の子は両手をこれでもかと広げ、まるで悪戯《いたずら》を企《たくら》む子供のような笑《え》みを浮《う》かべた。

「喜べ少年！　君は異世界へ行く権利を得た!!」

女の子は、仰々《ぎょうぎょう》しく、そんなことを伝えてきた。

「…………」

イセカイ？

馴染《なじ》みの無い言葉に、疑問を抱《いだ》く。

対して、女の子の方は「決まった！」と言うようにドヤ顔をしていた。

「……」

「……」

しばらく無言の時間が進む。

僕としては、彼女《かのじょ》の次の言葉を待っていたのだけれど、女の子は女の子で、僕に何らかのリアクションを期待しているようだった。

「「……？」」

そうして、お互《たが》いに首を傾《かし》げるというおかしな状況《じょうきょう》ができあがる。

「…………おい、なんで無反応なんだ？ 喜べよ、それか驚けよ、異世界だぞッ」

「………ワーイ？」

「何故そんな微妙《びみょう》な反応なんだ。おかしいだろ」

「え？」

「異世界だぞ、イ・セ・カ・イ！ 心躍《こころおど》るだろ!!」

「いや、別に」

僕は正直に女の子の問いに答える。

こういう場合って、一見、女の子の気持ちを汲《く》み取った方が良い方向に進むと思われるけど、違うんだよねぇ。よく分からないでその意見に乗っても、絶対話についていけなくなる。そうして、僕がいい加減な返事をしたことがバレて、最初から正直に言った場合よりも気まずい空気になるんだ。だから、こういう場合は、最初から正直に答える方が良い。

「……どういうことだ？」

僕の反応が予想外だったことで、女の子はこちらから視線を外し、顎《あご》に手を当てて、なにやら考え事を始めた。

「おかしい、おかしいぞ。説明がスムーズに進むよう、わざわざ私自《みずか》らこいつの住む国の文化について調べ、昨今の若者が簡単に興味を抱《いだ》くようなワードをチョイスしたというのに、いきなり躓《つまず》いた。調べる地域を間違えたか？　いや、私はそんなミスをしない。ならやはり、おかしいのは目の前にいるこいつの方か。しかし、今あの国では、ネット文化に疎《うと》い者でも異世界についてある程度の理解を示すぞ。というか、例え知らなくても、意味不明な言葉が出ればもう少し興味を示すだろうがッ。何でこんなに興味が薄《うす》いんだッ。……くそッ、こんなことならば、馴染《なじ》み深《ぶか》いだろう文化について調べるのではなく、こいつ自身の出生について一から調べとくべきだった。変、変と思って見ていたが、ここまでおかしなやつだとは思わなかったぞ。くそぉ……とんだ徒労《とろう》ではないかッ」

なんか熟考《じゅくこう》してる。すっごいブツブツ言ってる。

「やはり、こいつを選んだのが間違いだったか？　いや、見方を変えれば、これぐらいぶっ飛んでいた方が面白いかも……？　選択に間違いは無かった……かもしれないが、やはりそれでも、私がこんなにも不快にさせられるのはおかしいだろッ。大人しく私の望むリアクションをし、私の思うがままに進めよッ。私とこいつが絡《から》むのなんてここだけなんだぞ。なんでこんな少しの付き合いでこんなにも苛立たなければいけないのだッ、おかしいだろッッ。なんなんだこいつは？　本当に人間なのか？　こいつの世界にあるＡＩと話していた方がまだ不快にならず済むぞ。感情の揺《ゆ》れ動きが無さ過ぎて、つまらんどころの騒《さわ》ぎじゃないッッ」

……独《ひと》り言《ごと》、長いなぁ。まぁ、そんなこと言ったら余計《よけい》ややこしくなりそうだし、言わないけど。

僕は大人しく待つ。

それから少し経ち――――もう落ち着いたのか、女の子はタバコを指で挟《はさ》んで「フゥー」と息を吐いてから、またこっちに視線を戻してきた。

「もう、これはアレだな？　キサマはそういうやつなんだな。分かった、もうキサマにまともなリアクションは求めん。だから、キサマもスムーズに進むよう協力しろ。そうすればすぐに終わる」

「分かった」

「はぁ……ここまでつまらないのは初めてだぞ、全く……」

女の子がまた溜《た》め息《いき》をつく。

「とりあえず、キサマには異世界に行ってもらう――これはさっきも言ったな。まぁ、一言で異世界と言っても何かは分からんだろう。そうだな……まぁ、簡潔に説明すると、キサマが今から行くのは、科学技術の代わりに、魔術《まじゅつ》や異能の力が発展している別の世界だ。違う技術が発展しているが故に、キサマが住んでいた世界とはまた違った文明が展開されている」

「へぇ～」

魔術って……魔法《まほう》のことだよね？　何も無い所から火を出したり、触《さわ》らずに物を浮かせたりできるってことかな？　そんな技術があるんだぁ。

「ただ、あの世界は便利さよりも力を追い求める傾向《けいこう》にある。キサマが住んでいた世界より住みにくいのは間違いないだろう」

「そうなんだ」

魔法なんて力があれば、自《おの》ずと便利になっていきそうなものだけど、意外とそうでもないらしい。

「出現する野生動物も凶悪《きょうあく》だぞ。地球とは比較《ひかく》にならん。それなりに強い個体なら、一刻で何百人という被害《ひがい》を出す」

「わぁお」

凄《すご》い被害レベルだ。一生物が出せる範囲《はんい》を軽く超《こ》えてる。破壊《はかい》兵器と同レベルじゃないか？

「まぁ、今からキサマが行くのは、そんな生物が蔓延《はびこ》る世界なのだ。力を追い求める傾向にあるのも納得《なっとく》だろ？」

「まぁ」

「だがな……そんな世界に、今のままのキサマを送《おく》り込んだ所で高が知れてる。運が悪ければすぐに犬死にすることだろうよ。それでは世界を渡らせる意味が無い」

「……意味？」

「ん？　あぁ……なんの意味も無く、別の世界に魂《たましい》を移すことなどせんよ。勿論、この行為《こうい》にも意味がある。だが、それをキサマに教えることは無い」

「どうして？」

「その方が面白いからだ。目的のある旅より、目的の無い旅の方が見ていて面白い。それに、キサマを異世界に送り込み、滞在《たいざい》させることに成功した時点で、目的は九割九分達成する。どちらを取ってもそう結果は変わらんのであれば、面白い方を取るのは必然であろう？」

「なるほど……」

なんか、けっこう俗物《ぞくぶつ》な人だな。それで、残りの一分が達成されなかったらどうするつもりなんだろ？……まぁ、僕には関係の無いことだし、いっか。

「この考えを理解してくれとは言わんよ。これは私個人の価値観だ、他人に理解を求めるものではない。この話はいいだろう。それよりも、これからキサマに施《ほどこ》すことについての方が重要だ」

「施すこと？」

「さっきも言ったが、今のキサマでは、異世界に行った所で犬死にだ。それじゃあ駄目《だめ》なんだよ。だから、ちょっとした特典をやる。………まぁ、勝手に転生させる訳だし、このくらいはな」

てんせい……？　それに、特典？

「特典は三つ。まず一つ目は、今の体をそのまま異世界でも再現するというもの。で、二つ目が現在の記憶《きおく》をそのまま転生後の肉体にも引き継《つ》がせるといったものだ。そして、三つ目、これがメインなんだが……ちょっと待ってろ」

女の子が後ろを向き、何やら念じ始める。

……うん、全く話についていけないな。女の子が何を言ってるかサッパリだ。

まぁ、それでも特に問題なく進んでいるようだし、いっか。

女の子もとっとと終わらせたいと言っていたし、僕が大人しく聞いておけば、スムーズに終わるだろう。

と、そんなことを考えていたら、どうやら念じ終わったみたいだ。

「よし、準備できた。見ろ！　じゃじゃ～ん！　ガチャだ！」

……何これ。

どっから出したのか、彼女の後ろには、いつの間にか大きなガチャガチャが置かれていた――――人の数倍の大きさはあるガチャガチャが。

「貴様にはこれを三回引いてもらう。このガチャの中にはそれぞれ強力な能力が込められていてな、それらを持っていれば異世界でも問題ないということだ！」

「……」

心做《な》しか、先程《さきほど》よりもテンションが高いような気がする。

俗物っぽいとは思っていたが……なんかもう、そんなレベルではないような気がする。

現実味がない空間に、現実味《ガチャ》がありすぎる物《ガチャ》が現れた。この違和感《いわかん》を、彼女はなんとも思わないのだろうか？

まぁ、突《つ》っ込む気も無いし、特に顔にも出さないけど。

「よし、それじゃあ回してみろ」

女性はガチャガチャの方に手を突《つ》き出して、「さぁ」と言うようにガチャガチャを回すよう促《うなが》してくる。

なんだかなぁ……。

さっきから、女の子が急《せ》かすように「回せ」とジェスチャーしてくるので、僕はとりあえずガチャガチャの方に向かう。そして、ガチャガチャを回そう――とした所で、止まってしまった。というか、止まらざるをえない。

回してみろと言われても、どうやって回せばいいんだ？　こんな巨大《きょだい》な物を。

「ん？　どうした？　その回し口に手を触《ふ》れるだけだぞ？　後はガチャが自ら動いて能力を譲《じょう》渡《と》してくれる」

あぁなるほど。そういうカラクリなんだ。

能力の譲渡については……よく分からないけど、とりあえず、僕は中身が入っているケースを見上げた。

僕の後ろでは、何故か女の子がソワソワして見ている。
僕は、回し口に触《ふ》れてみることにした。

ガチャ　ガラガラガラ

そしたら、女性の言う通り、ガチャガチャが独りでに動き始める。

ガポッ

【超速再生《ちょうそくさいせい》】

カプセルがガチャガチャから出てくると、カプセルもまた自動で開き、空中に文字が浮かび上がる。………超速再生？

「……」

とりあえず、僕には何がなんだか分からないので、女性の方に視線を向ける。だけど、何故か女性は一度驚《おどろ》いた表情をしてから、先程の明るい表情とは打って変わって、どこか不満げな表情へと変化していた。

なんでそんな顔になってるんだろ？　これ、どう動くべきかな？

……。

「あの……」

「……【超速再生】についての説明だな」

「あ、はい」

「まぁ……強力な力ではある。傷を負った瞬間、即座《そくざ》に治るようになるんだからな。例え腕《うで》が無くなったとしても、蜥蜴《とかげ》の尻尾《しっぽ》のように生《は》えてくるぞ。あらゆる傷を一瞬《いっしゅん》で治す力、それを与《あた》えるのがこの【超速再生】というスキルだ。良かったな、これで傷に悩《なや》まされることは無くなるぞ」

「へぇ～」

よく分からないけど、どんな傷でも治る力が手に入ったらしい。聞いてる分には凄い力だと思う。

【超速再生】についてまだ説明があるみたいなので、僕《ぼく》は女の子の言葉に耳を傾《かたむ》ける。

「だが……この力には欠点がある」

欠点？

「治せる回数が決まってるんだよ。傷を治せるといっても所詮《しょせん》は細胞分裂《さいぼうぶんれつ》を促《うなが》す力だ。細胞分裂が起きれば傷は塞《ふさ》がり、肉体は再生する。だが、その細胞分裂が起こせなくなったら？　人である以上、細胞分裂を行使できる回数は限られている。使い続ければ、いずれ細胞分裂が起こせなくなり、それに伴《ともな》い、傷も再生できなくなるんだよ。自然治癒《ちゆ》ですら働かなくなる。効果が強力な分、リスクが付き纏《まと》うスキルなんだよ」

へぇ～。

「ま、まぁ、一回目だしな。このガチャにはまだいろいろな種類の『スキル』が眠《ねむ》っているんだ。それに、このガチャの内訳は戦闘《せんとう》関係のスキルが八割。あと二回引くうちに良いスキルを得るだろう、うんうん……。流石に、あんなサバイバル味《み》が強い世界に攻撃《こうげき》系スキル無しで行くのは、自殺行為以外の何ものでもないからな」

なんかブツブツ言い出したな。まるで自分に言い聞かせてるみたいだ。

さっきから『すきる』という言葉を使うことが多くなってきたけど、話の流れからして『能力』のことだよね？　女の子からすればＳＫＩＬＬという言葉を使うのが日常的なのかな？

「何をしている⁉　さっさと引くんだ‼」

とか考えてたら、早く次を引くように促された。

僕はまたガチャガチャの回し口に触《ふ》れる。

ガチャ　ガラガラガラ　ガポッ

【不老《ふろう》】


「へ？」

二個目のカプセルが開いた時、女性が素《す》っ頓狂《とんきょう》な声を上げた。

不老……ってことは、老いなくなるってことかな？　生物には必ず寿命《じゅみょう》というものがある。それに対し、その制約から外れることができる、てことかな。………なんだそれ。自分で言ってて意味が分からないな。

「ちょっ、待て待て待て！」

女性がなんか動揺《どうよう》してる。どうしたんだろ？

「また非攻撃関係のスキル⁉　おかしい……おかしいぞ！　二回連続で攻撃関係の能力が外れるなんて……！」

そういえば、攻撃関係が八割なんだっけ？　言われてみれば、確かにおかしいな。けど、確率がそうなだけであって、それ以外が出ない訳じゃないんでしょ。確率論ほど信用できないものは無いってクラスメイトも騒《さわ》いでた気がするし。

「お、落ち着け……落ち着け私。そうだ、チャンスはもう一回あるんだ。今回はたまたま珍《めずら》しいことが二回連続で起きただけだ。流石《さすが》に三回連続で非攻撃関係が出るなんてそんなことは……」

女性がブツブツと一人で呟《つぶや》いている。なんか、今の言葉のせいで次も攻撃関係が出ない気がするなぁ。てか、なんでこんなにも動揺してるんだろう？

まぁとりあえず、次が最後だしちゃっちゃと引いてしまおう。

僕はまた回し口に触れる。

ガチャ　ガラガラガラ　ガポッ

【根性《こんじょう》：不撓不屈《ふとうふくつ》】

ん？　根性？　どういうものなんだろ？

僕は説明を求めるように女性の方を見る。

けれど、女性は下を向き、ワナワナと震《ふる》えていて、とても説明をしてくれるような雰囲気《ふんいき》ではない。

「また……非攻撃関係の能力……」

どうやら、また攻撃関係のスキルではないようだ。

「あのぉ……？」

「…………え？　あ……それはだな……」

見るからに気落ちしてるな。

「それは……痛みによって恐怖《きょうふ》や絶望さえ抱《いだ》かなければ、永遠にＨＰが1残るという能力だ。これが発動し続ける限り、生存が可能。正しく〝根性〟だな。使いようによっては不死になれる」

えっ、不死⁉　凄ッ。さっきの【不老】と合わせたら不老不死じゃん！　…………うん、なんか他の人に言ったら笑われそうだな、これ。

「ＨＰって？」

「所謂《いわゆる》生命エネルギーだな。生きるために必要な力。このスキルは、場合によってはそれが永遠に零《ゼロ》にならない。しかも、貴様には【超速再生】がある。スタッツだけを見れば、『倒《たお》れてもすぐに復活できる戦士』となり、生きたゾンビ状態とも言える。……そう、スタッツだけを見ればな」

生きたゾンビ状態って……言い方ひどっ。でも、これまでの彼女の言葉を鵜呑《うの》みにするなら、そうかもしれない。死なないし歳《とし》も取らなくて、終《しま》いには再生を続ける……ゾンビ以上じゃないか？　それ。

でも、何故《なぜ》か彼女は含《ふく》みのある言い方をした。

何か問題があるのかな？

彼女の話が本当なら、僕を違《ちが》う世界へ連れていくことに要点《ようてん》が置かれるのであって、僕がどう暮らすかはなんの関わりも無い筈《ハズ》。しかも、ガチャガチャで出た能力も申し分ないぐらいに強力だし。なのに……どうしてそんな反応をするのだろう？

「……どうして私が落ち込んでるのか、訊きたそうな顔だな」

「え？　そりゃあ……まぁ」

「そうだよな。全ての能力が上手《うま》く発動すればお前は不老不死だ。どんな相手にだって負けなくなる。そう、発動すれば、な。だがな……その発動が無理なんだよ」

「無理？」

「そう、無理だ。どう足掻《あが》いても、人では【根性：不撓不屈】を発動させることができない」

発動できない？

僕が首を傾《かし》げていると、女の子は溜め息をつき、説明を始めてくれる。

「いいか？【根性：不撓不屈】の発動は『痛みによって負の感情を覚えないこと』が条件だ。先程も言った恐怖や絶望もそうだし、怒《いか》りや悲しみ、憎《にく》しみといった基本的な感情でも、負の感情であれば、覚えてしまった時点でアウト。その時点で【根性：不撓不屈】は発動しなくなる」

「うん。でも、覚えなければいいんだよね？」

「はぁ……簡単に言うが、それが不可能だから無理だと言っているんだ。

人には生存本能がある。この本能があるからこそ、絶望的状況でも人は足掻こうとするんだ。人の生存のためには切っても切り離《はな》せない本能、それが生存本能だ。人が目的も無く生きられるのも、無駄《むだ》を繰《く》り返せるのも、この本能があるからだ。そして、その本能を刺激《しげき》するものこそ『痛み』なんだよ。痛みとは、感覚であると同時に信号だ。自身の命が脅《おびや》かされていることを知らせる危険信号。痛みがあるからこそ生存本能は成り立ち、生存本能があるからこそ人は存続できる。

お前も人なら経験あるだろ。突然《とつぜん》の痛みに苛立ったことはないか？　これまで感じたことの無い痛みに恐怖を抱いたことは？　お前の世界の作り話にも、それらしいシーンがあるだろ。あまりにも大きな痛みを味わったことで絶望したり、多大な痛みによって悲しみを抱いたりするシーンが。痛みと生存本能を併《あわ》せ持つ人だからこそ、このような現象が起きる。人であるが故に生じる反射だ。これは理性でどうにかなるものじゃない。これが人では【根性：不撓不屈】を使いこなせない理由だ。そして、不老不死になれないと言った最大の要因でもある」

「……………」

「他にも理由があるぞ。先程言った【超速再生】も、再生回数が限られているスキルだ。しかも、回数を使い切れば、自然治癒すらままならなくなるオマケ付き。攻撃スキルが無い状況では相手を倒す手段はゼロ。強い獣《けもの》に遭遇《そうぐう》すれば、すぐに再生限界が来るぞ。そうなるとどうなるかは言わなくても分かるだろう。

はぁ……このスキルでは、お前は生き残れない。先程言った『私の目的』すら果たせなくなる。私が気落ちしてる理由も分かっただろう」

「うん。でも、それなら、やり直せばいいんじゃ？」

「それができないからこうやって落ち込《こ》んでいるんだよッ」

やり直せない……やり直せないんだ。能力をくれたのは彼女なのに。変なの。また同じことをやれば済みそうなのに。

僕が疑問を覚えている間も、女の子は頭を抱《かか》え、何やら後悔《こうかい》していた。

「あぁ～……なんでこんなことに……異世界に行って、ただの凡人《ぼんじん》だった奴が俺《おれ》TUEEEEをして調子に乗る――――のを見て笑うのが私の数少ない楽しみだったのに……」

本格的に何言ってるか分からなくなってきた。

「はぁ……もういいや。なんかもう、お前、見てるだけで不快になってきた」

見てるだけで不快って……酷いな。

「じゃあな。送り先はランダムだから。あっちでも無為に生きるといい。それじゃあ」

へ？

なんかいきなり見放されたと思ったら、急に視界にまばゆい光が入ってきた。何も見えなくなる。

これで終わり？　なんか最後、凄い雑だったな。

でもまぁ、これでようやくこのよく分からない時間が終わるのか。

本当、なんだったんだろうな？　これ。

死ぬ間際《まぎわ》に見る夢か何か、だったのだろうか？

……………。

いいさ、なんでも。

さてさて、次目覚める時はどうなってるのかな？　というか、目覚めることあるのかな？

僕はそう思いながら、意識を手放していった。

# 1章　果ての魔獣：厄災の進撃

## 1　嵐猿

白い光に包まれて、気がついたら僕はジャングルにいた。

陽の光もほとんど届かないほど生い茂《しげ》った緑。少し薄暗《うすぐら》い。そこかしこから、動物の鳴き声が聞こえてくる。

なんだここ？　え、というか、本当にどこ⁇

まさか、本当に別世界？

さっきの、夢かなんかだと思ってたけど……まさか、あれも実際に起こった出来事だったりするのかな？　能力を貰《もら》うとかいう原理不明なことも、実際に行われていたり？

………。

まぁ、だとしても、なんだって話だけど。

僕はとりあえず辺りを見渡《みわた》す。考えてもよく分からないことを考えるよりも、状況把握《じょうきょうはあく》の方が大事だ。

……。

本当、見渡す限り森だなぁ。あるのは木・草・蔓《つる》・根――植物ばかり。

えっと……どうやって生きていけばいいんだろ？　水は……川は近くにあるのかな？　食べ物はどうしよう？　寝《ね》る場所は？

まさか日常生活すら送れる気配が無いなんて。

僕が「どうするかな」と考えていた――その時だった。


「キキキィ」


後ろから声が聞こえた。声と言うより鳴き声。

僕は後ろを振《ふ》り向く。

振り向いた先――後ろの木々に、白い体毛の猿が乗っていた。

でっかいなぁ……体長百八十センチはあるんじゃないかな。長細い腕・真っ白な眼球・鋭《するど》い犬歯《けんし》――容姿は完全に猿なのに、大きさだけはゴリラみたいだ。

口から何やらポタポタと白いものが溢《あふ》れて……え、アレって涎《よだれ》？　うわぁ……。

猿は僕の方に顔を向けたまま首を動かさない。

もしかして、この状況……僕は獲物《えもの》で、猿は狩人《かりゅうど》ってところ？　せっかくの獲物を逃《のが》さないよう、様子を見ながら隙《すき》を窺《うかが》ってる？　だとしたら……うん、笑えない。

「――――」

え、あれ？　目の前の猿がいなくなった――というか、一瞬で消えた。それに、今の引き裂かれるような音って…？

僕は、音がした自分の右腕辺りを見る。そしたら――

赤い鮮血《せんけつ》が、僕の腕の代わりに垂れていた。

「――――ッッッ!???」

声にならない悲鳴が、僕の喉《のど》から吐《は》き出される。

痛い……痛い、痛い痛い痛い痛い痛い痛い痛い痛い痛い痛い痛い痛い痛い痛い痛い痛い
痛い痛い痛い痛い痛い痛い痛い痛い痛い痛い痛い痛い痛い痛い痛い痛い痛い痛い痛い痛い
痛い痛い痛い痛い痛い痛い痛い痛い痛い痛い痛い痛い痛い痛い痛い痛い痛い痛い痛い痛い
痛い痛い痛い痛い痛い痛い痛い痛い痛い痛い痛い痛い痛い痛い痛い痛い痛い痛い痛い痛い
痛い痛い痛い痛い痛い痛い痛い痛い痛い痛い痛い痛い痛い痛い痛い痛い痛い痛い痛い痛い

痛い痛い痛い痛い痛い痛い痛い痛い痛い痛い痛い痛い痛い痛い痛い痛い痛い痛い痛い痛い痛い痛い痛い痛い痛い痛い痛い痛い痛い痛い痛い痛い痛い痛い痛い痛い痛い痛い痛い痛い痛い痛い痛い痛い痛い痛い痛い痛い痛い痛い痛い痛い痛い痛い痛い痛い痛い痛い痛い痛い痛い痛い痛い痛い痛い痛い痛い痛い痛い痛い痛い痛い痛い痛い痛い痛い痛い痛い痛い痛い痛い痛い痛い痛い痛い痛い痛い痛い痛い痛い痛い痛い痛い痛い痛い痛い痛い痛い痛い痛い痛い痛い痛い痛い痛い痛い痛い痛い痛い痛い痛い痛い痛い痛い痛い痛い痛い痛い痛い痛い痛い痛い痛い痛い痛い痛い痛い痛い痛い痛い痛い痛い痛い痛い痛い痛い痛い痛い痛い痛い痛い痛い痛い痛い痛い痛い痛い痛い痛い痛い痛い痛い痛い痛い痛い痛い痛い痛い痛い痛い痛い痛い痛い痛い痛い痛い痛い痛い痛い痛い痛い痛い痛い痛い痛い痛い痛い痛い痛い痛い痛い痛い痛い痛い痛い痛い痛い痛い痛い痛い痛い痛い痛い痛い痛い痛い痛い痛い痛い痛い痛い痛い痛い痛い痛い痛い痛い痛い痛い痛い痛い痛い痛い痛い痛い痛い痛い痛い痛い痛い痛い痛い痛い痛い痛い痛い痛い痛い痛い痛い痛い痛い痛い痛い痛い痛い痛い痛い痛い痛い痛い痛い痛い痛い痛い痛い痛い痛い痛い痛い痛い痛い痛い痛い痛い痛い痛い痛い痛い痛い痛い痛い痛い痛い痛い痛い痛い痛い痛い痛い痛い痛い痛い痛い痛い痛い痛い痛い痛い痛い痛い痛い痛い痛い痛い痛い痛い痛い痛い痛い痛い痛い痛い痛い痛い痛い痛い痛い痛い痛い痛い痛い痛い痛い痛い痛い痛い痛い痛い痛い痛い痛い痛い痛い痛い痛い痛い痛い痛い痛い痛い痛い痛い痛い痛い痛い痛い痛い痛い痛い痛い痛い痛い痛い痛い痛い痛い痛い痛い痛い痛い痛い痛い痛い痛い痛い痛い痛い痛い痛い痛い痛い痛い痛い痛い痛い痛い痛い痛い痛い痛い痛い痛い痛い痛い痛い痛い痛い痛い痛い痛い痛い痛い痛い痛い痛い痛い痛い痛——

目の前がチカチカする・腕の切り口がジンジンと熱い・思考が赤で埋《う》め尽《つ》くされそうになる。

後ろでは猿が何かをクチャクチャ食べていた。――あれは、ッ、僕の……腕⁉

なんで、なんでなんでなんでなんでなんで⁉ 痛い痛い痛い痛い痛い！

――痛い。

■■■

少年は幼い頃《ころ》から虐待《ぎゃくたい》を受けていた。

「おらぁ‼」

当たり前のように腹を蹴《け》られ、頬《ほお》を殴《なぐ》られ、首を絞《し》められる――何度死にかけたことだろう。

その度に声を上げるのだ――「痛い！」と。

そんな残虐《ざんぎゃく》な家庭なのだ――当然満足な服や食事が与えられる訳がない。まともに風呂《ふろ》も入れず、不衛生のまま過ごすしか彼《かれ》には道がなかった。

そのため、いじめも受けた。汚《きたな》い・臭《くさ》いなどの暴言を受け、小石を投げられ、簡単に手を上げられる。教師達も面倒事《めんどう》はごめんだと見て見ぬふり。誰《だれ》も助けてはくれなかった。

ある時は腹を殴られる。

――痛い！

ある時は頬を踏《ふ》み潰《つぶ》される。

――痛い。

ある時は鉛筆《えんぴつ》の芯《しん》を手に突き刺《さ》され。

……痛い。

ある時は散々殴られ放置された。

……。

そんな生活を送る度に、

「…………」

少年は気付く。

――あぁ、痛いだけだ、と。

その日、少年はまるでプツンと糸が切れたみたいに、痛みによる『負』を抱《いだ》かなくなった。

そして、面倒事を避《さ》けるようになる。痛みで叫《さけ》ぶとさらに相手を付け上がらせるだけだからと、ずっと笑うようになった。

――それこそ、ずっと仮面でもしているかのように。

■■■

痛い、けど、

「……」

――痛いだけだ。

今までで感じたことの無いほどの痛みだから驚《おどろ》きこそしたけど……いざ蓋《ふた》を開けてみればただ痛いだけ。

ただ痛いだけ――そう、痛いだけなのだ。今まで感じてきたものの――虐待やらいじめで受けてきたものの、延長線でしかない。

右腕をもう一度見てみる。すると、ミチミチとすでに筋肉や皮が動いて傷口が塞がっており、新たな腕が生え出している所だった。

□□□

屈止無《くしな》の腕が治ったのは【超速再生《ちょうそくさいせい》】というスキルのおかげだ。

こんな再生速度、普通《ふつう》の人間ではありえない。スキルという超常《ちょうじょう》の力があってこその再生力。

しかし、そんな強力な力だからこそ――【超速再生】にはリスクがある。

あの女神《めがみ》が言った通りだ。人の細胞分裂ができる数は決まっている。それは寿命《じゅみょう》と直結し、繰り返せば繰り返すほど死に近付いていく。

そして、重要なのは、傷を治すためにも細胞分裂が行われること。

スキル【超速再生】は、その細胞分裂を極端《きょくたん》に促すスキルだ。細胞分裂を局所的に促すことで、常人よりも早く傷を治せ、過剰《かじょう》な細胞分裂により、欠損した箇所《かしょ》の再生まで可能にする。

だが、だからこそ、その分、細胞分裂できる回数が――寿命が失われていく。

常人よりも早く、死に直面することになる。

そこで屈止無が得た二つ目のスキル【不老《ふろう》】が役に立つ。

【不老】の効果はただ寿命を増やすという効果だが――その実態は、細胞分裂の限界を無くすというものだった。

天上による恩恵《おんけい》で、分裂《ぶんれつ》する度、細胞《さいぼう》が完全に一新される。

これにより、そもそも寿命という概念《がいねん》すら無くなったため、屈止無は何度でも【超速再生】を行えるようになった。

この二つのスキルの組み合わせにより、屈止無はノーリスクで〝超速再生〟を可能にしたのだ。

□□□

右腕が生《は》え備《そな》わる。これが【超速再生】……凄《すご》っ。

猿もこの様《さま》を見て、心做しか驚いているような感じがした。

しかし、すぐに気を取り直したようで――気付いた時には、すでに左腕《ひだりうで》を抉《えぐ》り取られていた。

痛い………けど、痛いだけ。

またすぐに再生が始まる。

それにしても、この猿、凄く速く・力が強い。動く姿を全く目で追えない。しかも、一瞬で僕の体を引き千切れるほどの力。明らかに普通の猿じゃない。

引き千切られた左腕だけど、今度は食べられないで捨てられる。

猿はまたすぐコッチを見た。

そこからは痛みの嵐《あらし》だった。

猿は見えない速さで僕の体をズタズタに噛《か》み千切ってくる。体の皮は破かれ・肉は千切られ・骨は砕《くだ》かれ抜《ぬ》かれ。その度に【超速再生】が働いて治るんだけど……それが終わる前に他の部位が傷付けられる。

それが絶え間なく続いた。痛みの周期が途切《とぎ》れない。この痛みは永遠に続くんじゃないかと思えるほど、全く途切れない。

けれど、それでも僕は、倒れなかった。

□□□

この猿の攻撃のせいで、屈止無はいくつも致命傷《ちめいしょう》を負っていた。多数の傷口による大量出血・重要な臓器の破損・神経の欠損などなど。

しかし、彼は倒れない・殺されない。

屈止無の【超速再生】はリスクがある分、本当に優秀《ゆうしゅう》な力だった。

このスキルは細胞分裂を促すだけでなく、不足分の血液まで補充《ほじゅう》してくれるのだ。これにより、失血死の可能性は除去された。

他の死因は――【根性《こんじょう》：不撓不屈《ふとうふくつ》】により免《まぬが》れていた。

どんな傷を負おうとも、必ず生き延びる――これはそういう能力だ。

しかし、強力な分、制約はある。気持ちで負ければ発動しないのだ、このスキルは。

あまりの痛みに泣き叫んだり、痛みを負ったことで憤《いきどお》れば、このスキルは発動しなくなる。

逆に、痛みにより、これら負の感情を覚えなければ――このスキルは永遠に発動し続ける、ということになる。

そして、屈止無と【根性：不撓不屈】の相性《あいしょう》は最高だった。

屈止無は非常に痛みに強いのだ。それも、常人なら痛みによって誘発《ゆうはつ》される他の感情が一切生まれないほどに。

彼の生活環境《かんきょう》は劣悪《れつあく》だった。それこそ、常に痛みが伴うほどに。

だからこそ、痛みによって他の感情を生まれないようにすることが必要だった。でなければ、本当の意味で彼の心が壊《こわ》れてしまうから。

屈止無が痛みによって相手を恐《おそ》れたり、絶望することも――死を身近に感じることとすらも無い。

彼の場合、常に【根性：不撓不屈】が発動し続ける。諦《あきら》めるという概念すら、彼には無い。

故に、永久発動。

まさしく、今ここに、不老不死が誕生したのである。

□□□

あれから、どれくらい時間が経った？　数分？　数十分？　……もしかしたら、数時間経ったかもしれない。

猿の攻撃の手は全く緩《ゆる》まる気配が無い。生傷も――痛みも増すばかり。

でも、心做しか……猿の動きが段々と目で追えるようになってきた気がする。こんな連続で攻撃されたことで、目が慣れてきたのかな？

不思議と力も漲《みなぎ》ってくる。まるで、この猿を倒せと言わんばかりに。

相手は格上。人間《ぼく》のことを獲物だと認識《にんしき》できるほどの強者。

でも、その強者が、未《いま》だに僕のことを倒せずにいる。何度も何度も攻撃を当てているのに、未だに僕を倒せない。それどころか、ジワジワと差を縮められている。

あれ？　なんだろう、この感じは。なんと言うか——

「……」

「——っ！」

猿の速度に目が完全に慣れた頃、そろそろ猿の動きを止めようと僕が腕を突《つ》き出した所で——

猿が一瞬、怯《ひる》んだような気がした。

僕はその瞬間《しゅんかん》に猿の首根っこを掴《つか》み、その勢いで地面に倒した。地面が割れるような轟《ごう》音《おん》と共に、衝撃波《しょうげきは》が起き、砂煙《すなけむり》が舞《ま》い上がる。

なんで猿は怯んだんだろう？　その時、僕はどんな顔をしていた？

——きっと、笑っていたんだろう。

□□□

人の骨や筋肉は、壊される毎《ごと》により硬《かた》く・より強くなる。細胞により壊れた筋繊維《きんせんい》・折れた骨が、次は壊されないよう・次は折られないよう、丈夫《じょうぶ》に作り治されるからだ。

俗《ぞく》に言う『超再生《ちょうさいせい》』。

これは、屈止無の体も例外ではなかった。

でも、その成長は微々《びび》たるものである。目に見える形になるには、それこそ何回・何十回と繰り返さなければならない。

でも、【超速再生】を持つ屈止無は、その試行回数・試行速度が異常なのだ。人が何年・何ヶ月とかかっても至れない場所に、彼は数日・下手すれば数時間で至れてしまう。

猿によって何度も壊され、その度により丈夫に作り治された屈止無の体。その体の力は、すでに――一般人《いっぱんじん》の限界《それ》を軽く超《こ》えていた。

□□□

僕《ぼく》は猿の首を掴んで放さない。

猿は必死に僕の拘束《こうそく》から抜け出そうともがいているけど――――正直、あまり意味を成してない。

さっきまで格上だった存在が、今では格下《ぼく》に捕《つか》まってもがくことしかできてない。まさしく滑稽《こっけい》。

僕は空いている右手を振り上げ、強く拳《こぶし》を握《にぎ》る。

「ぎぎぃ!?」

猿が恐怖の声を上げる。

でも、関係ない。

さっきまでコイツは何度も僕を噛み千切ってきたんだ。反撃《はんげき》されても文句は言えないだろう。

さっきから高鳴る鼓動《こどう》がうるさい。

湧《わ》き上がるこの感情はなんだろう?

いつもとは明らかに違う顔の歪《ゆが》みを直すことができない。

僕は躊躇《ちゅうちょ》することなく拳を猿の顔面に叩《たた》き込んだ。

メキョ、という顔面が陥没《かんぼつ》する音が聞こえたかと思うと、

「────ッ!?!?」

猿の真下の地面から、一気に凄《すさ》まじい勢いで大きな亀裂《きれつ》が入った。

その耳を劈《つんざ》くような轟音で、痛みで麻痺《まひ》していた僕の感覚が戻《もど》ってくる。

「…………え?」

自分の真下で頭部を飛散させている猿の死体と、仰々《ぎょうぎょう》しく刻まれた地面の傷《きれつ》を交互《こうご》に見やり────え? これ……僕がやったの? と、どこか夢見心地な気分になる。

「確か……僕には攻撃《こうげき》関係のスキルは無かった……筈《はず》だよね……?」

誰も居ないのは分かってたんだけれど、どうしても問わずにはいられなかった。案の定、答えは返ってこない。

両手を握ったり開いたりしてみる。うん、やっぱり分かんない。

「まぁ……なんでもいっかぁ……」

勉強以外のことで悩《なや》んだって答えは出ない────つまりは無駄なこと。考えるだけ無価値。

「それよりも……」

驚きで薄《うす》れてしまったけれど、それでもまだうるさい。胸の鼓動が未だに穏《おだ》やかになららない。

こんな感覚は初めてだ。生きてきてこの方、感じたことの無い気持ち。

でも、不思議と不快感はなかった。それどころか……。

「……欲《ほ》しい」

もっとだ、もっと欲しい。

あのどんな攻撃ですら僕を殺しきれないという優越感《ゆうえつかん》を、圧倒的《あっとうてき》上位者を引きずり下ろして地面に這《は》いつくばらせる快感を、もっと感じたい。

こんな渇望《かつぼう》すら初めてだ。今まで、こんなにも何かを欲しいと思ったことはなかったのに。

欲求――――それは誰しもが持つもの。生きとし生ける者なら誰だって持っている当たり前のものだ。

それを感じない僕は、最早《もはや》、生きているとは言えなかった。

でも、この世界なら、それを感じられる。僕だって生きていられる。

ここだ。この世界こそが僕の生きる世界なんだ。

もっと……もっとやろう。

進もう、この樹海の中を。さすればきっと、またあの感情へ辿《たど》り着ける。

僕は、この時に初めて、自分から行動を起こそうとした。

自分の欲求を満たすために、初めて、自分の意思で動こうとしたのだ。

それほどまでに、この感動が甘美《かんび》だった。


つまりは、油断していた。


「ッッッッ⁉︎??」

突然、胸の辺りを何かに貫《つらぬ》かれた。

それと共に、脳のキャパシティを超える激痛が僕の体を駆《か》け巡《めぐ》る。

「がッ……ッ」

なッ、に……がッ……？

痛みによって思考が赤に染まりながら、倒れていく。

僕の体を貫いたのは鋭く細い何か。その何かの先には、赤く脈打つ肉が刺さっている。

そこまで見えたはいい。だけど、すでに僕の思考は働かなくなっていて……その何かも、肉の正体も分からなくて。

何が起きたか把握《はあく》する前に、僕の意識は、テレビの電源が切れるように、ブツッと途絶《とだ》えた。

□□□

あの猿は強者だった。

人間の尺度で測るなら、この世界で英雄《えいゆう》と持て囃《はや》される者が数人集まった所で倒《たお》せるかどうかというレベル。

この世界の英雄がどれくらいの強さなのか――例えば、ある者は一人で標高二千メートルの山を崩《くず》すほどの力を持っており、またある者は一人で一万の大軍を相手に勝利するような異常性を示して見せた。

この世界の英雄は、そんな雄々《おお》しき豪傑達《ごうけつたち》。

そんな英雄豪傑達が数人集まっても倒せるかどうか怪《あや》しい、と言えば、あの猿がどれだけ凶悪《きょうあく》だったかも分かるだろう。世の人にそう思わせるだけの俊敏《しゅんびん》さと殺傷《さっしょう》能力を有していたのだ、あの猿は。

一体で、都市一つを簡単に陥落《かんらく》させられる――どころか、国ですら相手にしてしまえる。

そんな猿を倒した――――あぁなるほど、確かに誇《ほこ》ってしかるべきことだろう。

屈止無が以上のことを知る由《よし》もないが、それでも、さっきまで体を玩具《おもちゃ》のように扱《あつか》われていた相手に勝利すれば、高揚《こうよう》もする。

だが、それでも、油断すべきではなかった。

世の人からすれば、あの猿は一生に一度出会うかどうかという災害レベル。

しかし、この森の中では、ただの一匹《いっぴき》の猿でしかない。

あの猿の強さが、この森の中では平均レベル、またはそれ以下でしかない。

この森は、この世界にある危険度ランク――――五段階あるそれの内の最上位【危険度ランク】Ｓ『果ての災厄《さいやく》の森』。

ここに入ったが最後、生きて帰ってこられる者などいない。

誰もが恐れ、畏怖《いふ》し、敬遠する、この世界屈指《くっし》の超危険《ちょうきけん》地帯――――それがこの森である。

# 2 岩犀

その獣は、森の中では弱者だった。

リスのような風貌《ふうぼう》をしたその獣は、この世界の中でも高次元の隠密《おんみつ》能力と高速移動能力、そして、高密度な鉱物すら容易《たやす》く噛み砕く強靭《きょうじん》な顎《あご》の力を持っており、人の世に解き放てば簡単に間違《まちが》いなく都市壊滅《かいめつ》級な被害《ひがい》を出す化け物中の化け物ではあったが、それでも、Sランクの獣が跋扈《ばっこ》するこの森の中では弱者側だった。

故に、その獣は、弱者側らしく、日々、日陰《ひかげ》に隠《かく》れ、戦いに勝利した獣の戦利品である肉を隠れてかすめ取ったり、喰《く》われずに放置された獣の肉を探したり、森の中に生《な》っている木の実等を取ったりして生活していた。

そして、今日も今日とて、獣は今日をしのぐための食料を探していた。

微《かす》かに漂《ただよ》ってくる血の臭いを頼《たよ》りに、枝の上を跳《と》び移っていく。

音速に迫《せま》る速さ。それでいて、ほとんど葉や枝を揺《ゆ》らさず、ほとんど気配を消して移動するその様《さま》はシノビを思わせる。

そうして、獣は今日の目的地に到達《とうたつ》した。

「…………」

獣は枝から下り、草木に隠れながらそれを確認《かくにん》する。

大量の血によって赤く染まった辺り一帯。その中央で倒れる人間――もとい、肉。

獣は感覚を研《と》ぎ澄《す》まし、安全を確認する。

獣は感覚機器も優《すぐ》れていた。元々優れていたものが、日々、強者から隠れて生活をしていたことで強化されたのだ。

その感覚機器によって、辺り一帯に他の獣が居ないこと、悪天候になりそうにないこと、そして――倒れている人間が完全に死んでいることを確認する。

辺りを見渡せば致死量《ちしりょう》だと確信できるほどの出血量に、ピクリとも動かない体を見れば、死んでいるのは一目瞭然《いちもくりょうぜん》ではあったが、念のため、獲物《じぶん》をおびき出す罠《わな》ではないかを確認したのだ。

優れた感覚機器によって、人間の息が止まっていること、そして、心臓の鼓動が聞こえないことも確認する。

それで安心して肉の下に向かおう――とした所で、獣は再び草木の影《かげ》に隠れた。

おかしなことが起きたのだ。

明らかに聞こえなくなっていた心臓の鼓動が、聞こえ始めたのだ。

動揺《どうよう》しながら、獣は様子を窺《うかが》う。

時が経《た》つ毎《ごと》に正常な動きを取り戻していく肉の心臓。

それに呼応して、肉の周りに細かい血や肉片《にくへん》が浮《う》かび出し、肉の下へと向かっていく。

そして、少しの時間で、肉は人間へと戻ってみせた。

死にはどんな獣も逆らえない、それが獣の認識だった。

しかし、その認識を目の前でひっくり返された。

目の前で動きだそうとしている人間は、死という事実を無かったことにし、再び生命活動を行おうとしている。

その奇跡《きせき》を目《ま》の当たりにした瞬間――――獣の中に一つの予感が生まれた。

これまで感じたことが無い、途轍《とてつ》もなく大きなものが覆《くつがえ》る予感が。

この予感がなんなのかは獣には分からなかった。

しかし、理解していることもあった。

この予感を感じたのならば、何か行動を起こさなければいけない。それを、獣は本能で感じ取っていた。

何かが変わる予感に、獣は期待と不安を抱《かか》え、行動を開始した。

□□□

「…………ッッ…………ッうぅ…………」

目を覚ます。

あれ？　何してたんだっけ……？

辺りを見渡し、状況《じょうきょう》の把握に努める。

周りは木々で囲まれており、地面からは雑草や変な植物が生えている。場所は森そのもの。でも、何故《なぜ》かここら一帯の土や植物は赤くなっていて……。

えっと、思い出せる最後の記憶《きおく》は……猿に襲《おそ》われ……殴って、それで気分が高揚して

………その後は……。

「――――！」

そうだ、あの後、いきなり体に激しい痛みが走って、僕は……。

冷静になった今だから分かる。あの時、僕の体からくり抜かれたのは――――心臓だ。

僕は、何者かに一瞬《いっしゅん》で心臓を抜かれ、その反動によって気絶したんだ。

まさか、痛みで気絶するなんて………いつぶりの経験だろう？

刺激《しげき》が一瞬で全身を駆け巡り、思考が痛みという名の赤に染まる感覚。あそこまでの痛みはこれまで味わったことがない。流石《さすが》にビックリした。

「………」

でも……。

僕は、気絶前に味わった痛みの感覚を思い出す。

うん、あれも――痛いだけだな。

本来なら一瞬で死に至るような痛みにも、今なら耐《た》えられる。神様？　に貰《もら》ったスキルとやらの影響《えいきょう》で、本当に死ぬことは無いみたいだし。

胸に手を当てる。心臓が動いてるのを感じる。【超速再生】というスキルも無事に働いているようだ。

よし、これなら問題はないかな。いつまでもここに留《とど》まってる訳にはいかないし……とにかく進もう。

僕は立ち上がり、森の中を見回し始める。

それにしても……さっきは本当に驚いたな。

痛みもそうだけど、それと同じくらい、攻撃を食《く》らったことにも驚いた。

誰もいなかった筈なのに……あの場には、僕と肉片以外、何も無かった筈なのに。

それにも関わらず攻撃を受けた。しかも、攻撃されてからも一切《いっさい》の気配を感じ取ることができなかった。

まだまだ、この森には僕の知らないことが沢山《たくさん》あるということだろう。

僕の知らない強者も、いっぱいいいるんだろうなぁ。

「――――」

思わず口角が上がる。

また、あの猿《さる》を倒した時のような達成感が得られると思うと、昂《たかぶ》らずにはいられない。

あの暴力的な快感を、理性を軽々と崩壊《ほうかい》させる愉悦《ゆえつ》を、なにものにも代え難《がた》い高揚を、あの素晴《すば》らしい感覚をまだまだ味わえると思うと――――あぁ……気分が昂って仕方ない。

まだ何も始まってすらいないのに、先のことについて思いを馳《は》せてしまう。この先に出会うだろう相手に、期待を抱かずにはいられない。

次は、どんな強者と出会えるかな？

僕はまだ見ぬ相手を求めて、歩み始めた――――所で、

「キュキュッ」

「ん？」

目の前に、リスみたいな獣が跪《ひざまず》いているのを発見した。

リスの前には、いくつかの木の実とローブのような服が置いてある。

これは……どういうことだろ？

「……貰っても、いいのかな？」

僕が話しかけてもリスは反応しない。

とりあえず、このままじゃ埒《らち》が明かないし、僕は木の実に手を伸《の》ばしてみる。そして、木の実に触《ふ》れるかどうかの所で手を止め、リスの様子を確認してみる。

リスに動く様子は無い。右目だけ薄く開けてこちらをチラチラと確認してはいるが、木の実を取られそうになっていることにはなんの反応もせず。

流石に、これは貰っていいってことだよね？

僕は木の実を手に取ってみる。

リスはそれでも動く様子を見せなかった。

ここまで動く様子が無いなら……。

僕は木の実を口に投げ入れた。口の中でコロコロと木の実を転がしてみる。

「キュキュ」

リスの鳴き声が聞こえた。

それで、僕はリスの様子を確認する……が、姿勢に変化は無し。

なんだ……？

とりあえず、木の実を噛み砕いてみる。

「――――！」

美味《おい》しい！

硬い殻《から》の中に、柔《やわ》らかい果肉。口の中に広がる甘《あま》い風味。果物みたいだ。

僕は木の実を全部拾う。

リスの方は反応なし。

なんなんだ……一体。

木の実を全て食べてみたけど、それでもリスは動かない。

「……？」

今度は、ローブを取ってみる。こちらを取っても反応は無し。

このローブ、大分《だいぶ》汚《よご》れて、所々朽《く》ちているけど……一体どこから持ってきたんだろう。

…………。

これを着ろってことかな？　まぁ、流石に全裸《ぜんら》のまま誰かと鉢合《はちあ》わせるのはマズいし、有難《ありがた》くいただくか。

僕はローブを羽織る。

「……」

このリス、全然動かないな。

とりあえず……ここに居続けても仕方がないし、進むか。

僕は森の中を探索《たんさく》するため、歩を進め始めた。

□□□

あれから二週間くらい経ったかな？　僕は未だに森の探索を続けていた。

この森、とにかく広い。どこまでも終わりが見えない。

そうして、森を歩いている過程で——様々な動物にも出会った。

どいつもこいつも凶暴《きょうぼう》なやつばかりで、僕を見るなり急に襲いかかってきた。

それで思ったことだけど……やっぱり、この森にいる動物はおかしい。姿形は見たことないのばかりで、どれも容易《たやす》く地形を変えるだけの力を持っている。これがこの世界の普通なのかな？　だとしたら、とんでもない世界に迷《まよ》い込《こ》んでしまった。

と、その動物達によって何度も致命傷を負った僕だけど、その度《たび》に傷を再生し、最後には拳によってその動物達を倒してきた。僕も僕で大概《たいがい》イカれてるよねぇ、これ。

まぁ、それはいいか。戦いの度に得られる刺激・躍動《やくどう》・高揚を考えれば、些細《ささい》なことだ。どれも、考えたって答えの出ないものばかりだしね。

今だって、襲ってきたカバのような動物を拳によって沈《しず》めた所だ。やはり、この時に得られる昂りは何にも代えられない、最高だ！

「キュキュッ！」

と、カバを背にして興奮していた僕の後ろから、僕を呼ぶ鳴き声が聞こえる。

振《ふ》り返ると、そこには、いくつもの木の実とロープを取ってきて僕の方に転がしているリスのような動物の姿が。

こいつ……何故かついてくるんだよなぁ。最初は僕の後ろをおそるおそるついてくるだけだったのが、今では頭や肩《かた》に気軽に乗ってくる。

そして、決まって、戦闘《せんとう》になれば気配を消して居なくなり、戦闘が終わった頃《ころ》に戻ってくる、今のようにいくつかの木の実とロープを持って。

さらには、僕が倒した動物の死骸《しがい》をこいつは喰う。こいつの食べる姿は凄い。なんてったって、どう考えてもそこまで大きく開かないだろうと思うほど口を開けて、自分の何十倍もの体積のある相手を数口で平らげてしまう。口の開く面積、普通にリス自身の体よりも大きいんだよなぁ。

僕は共存相手に認められたってことかな？　まぁ、いつも食べ物と着る物を持ってきてくれるから助かってるけど。

僕はいつものように木の実を口に入れて、

「ありがとうね」

リスを優《やさ》しく撫《な》でてやる。

日本で、主人に懐《なつ》いている動物は撫《な》でてやるとよく喜んでいたのを思い出し、森を進んで三日目ぐらいにやってみたんだけど、どうやらそれは正解だったらしく、撫でると決まって、今みたいに「キュゥ～」という声を上げながら嬉《うれ》しそうにする。喜んでくれてるみたいだし、今の関係を続けるためにも、こうやってご機嫌《きげん》を取っておいた方が良いよね。

一通り撫でた後、僕はリスが持ってきた、前とは違《ちが》う色のローブを羽織り、また森の探索を始めた。

□□□

あれからどれくらい歩いただろう？

なんか……全然動物に会わなくなった。

なんというか……森の中にしては不自然なぐらい静かすぎる。先程まであんなにも襲いかかってきた動物達はどこにいったのだろうか？

なんか、地形も若干《じゃっかん》変わってきてるし。さっきまでは緑一色だった風景が、今じゃ体積の大きい岩がよく見受けられるようになってきた。中には、僕と同じかそれ以上の大きさの岩も転がってる。まぁ、森であることには変わりないんだけどさぁ。

先程まで僕の肩に乗って頬《ほお》を擦《こす》り付けていたリスも、この森に入ってからはどこかに行ってしまったし……一体、なんだっていうんだ……？

そうやって、僕がまた一つ歩みを進めた時だった。

「ブオォ……」

「！」

生き物が息を吐《は》く音。

割りと近くにいる。

周りに乱立する木々のせいでその正体までは確認できないが、きっと、目の前の木々を抜ければすぐにその正体を拝《おが》める筈。

なんだ、動物、ちゃんといるじゃないかッ。

僕の口角が自然と吊《つ》り上がる。

自然と足の回転率が上がっていき、遂《つい》には走動作となって、僕は目の前の木々を駆け抜ける。

駆け抜けた先、そこにいたのは――

「見　つ　け　た」

音の正体、そこに座する森の動物。

それを見つけたことによる高揚、またあの興奮を得られるという期待、収まりの効かない衝動《しょうどう》に身を任せて。

どうしようもなく吊り上がった口角を戻せず、僕は、目の前にいる動物に突進《とっしん》しようとした――所で、

「――ツッツ⁉⁇」

いきなり地面から発生した棘《とげ》の群れによって、僕の体はズタズタにされた。

音の正体はとても大きな犀《サイ》だった。

体高だけで僕の身長の一・五倍……いや、二倍はあるかな。体長なんて比べものにならない。僕が知る犀の中でもとりわけ大きな、化け物犀がいたのだ。

しかも、外見も普通《ふつう》の犀とは少し違う。

まず目に入ったのは、その背中に背負うこれまた大きな岩。まるで鑢《やすり》で整えたかのようになだらかで丸い。直径が僕の身長と同じぐらいあるんじゃないかな？　そんな半球型の岩を背負っている……いや、これは生やしてるのか？

それに、背中の岩よりサイズは劣《おと》るが、額《ひたい》と尾《お》の先にも同じような丸い岩が生え出してる。頭部はパキケファロサウルス、尾はアンキロサウルスの特徴《とくちょう》を持っているような犀、とでも言えばいいのかな。

まさに岩犀という名前が合いそうな生物。そいつが、上手《うま》く足を畳《たた》んで地面に座してる。

また僕の知らない生物。敵か味方か、どんな生態なのか、どんな役割を担《にな》っているのか

――それら全て分からない。

でも、関係なかった。もう、僕の頭の中にあるのはあの快感のことだけ。

こんな所にいるぐらいだ、この犀もとてつもなく強いのだろう。この体格だし、弱い筈がない。

それで良い。それが良い。

より強者と戦った方があの快感も強くなる。実験した訳でも、根拠《こんきょ》がある訳でもない。それでも、僕はそれを確信していた。

非常に素晴らしいあの感情を得るために、誰《だれ》にもケチをつけさせないためにも、僕はま

た、一人で、目の前に鎮座《ちんざ》する強者へ攻撃――しようとしたのだ。

「――」

こちらから仕掛《しか》けようとしていた所で、先手を取られた。

襲ってきたのは――岩でできた棘。それも長い棘だ。

地面が盛り上がったかと思えば、急にいくつもの岩の棘が隙間《すきま》なく生えてきて、僕の体を蜂《はち》の巣《す》にしてきた。

一瞬だ。この岩の棘は一瞬で生成された。あの猿の動きだって視認《しにん》できた僕が、目で追うのがやっとの生成速度。硬度《こうど》だって、普通の岩とは比べものにならない。

「――ッ」

ありえないだろ。岩犀《あいっ》はまだ一歩たりとも動いていない。僕は、あいつをまだ動かせてすらいないんだ。それなのに、もうボロボロの状態だなんて……ふざけてるッ。

僕を貫いた岩棘《いわとげ》がゆっくり地面に戻っていく。

この犀の力、明らかに常軌《じょうき》を逸《いっ》している。強いなんてもんじゃない、化け物だ。到底敵《とうていかな》うとは思えない、圧倒的強者。

「……」

あぁ、だからこそ――

「くふふ……」

挑《いど》む価値がある。

僕の体は再生を始める。開けられた穴がミチミチと音を立てながら塞《ふさ》がっていく。

岩棘に貫かれ、吹《ふ》っ飛ばされた僕の体。倒れていた体を、ある程度傷が塞がった所で、僕はゆっくりと起こした。

「……」

犀はこちらに視線を向けるだけで動こうとしない。つまらなさそうにこちらを見るだけ。

いいねぇ、その余裕《よゆう》。まさに強者って感じ。

その犀の鼻を明かせたら、どんな気持ちになれるかな?

「ふふふ……」

僕は完全に起き上がると、右脚《みぎあし》を後ろに引き、若干《じゃっかん》重心を落とす。

――行くぞッ。

瞬間的《しゅんかんてき》に母指球へ力を入れ、僕は再び犀に突進を仕掛け――

「ッッッ!!!!」

――ようとした、が……ほんの少し近付いただけで、再び岩棘に阻《はば》まれてしまった。

こいつ……近付くことすらさせないつもりかッ。

僕の体は吹っ飛び、また地面に倒れる。棘によって空けられた多数の穴からは血がドクドクと流れ、その場に赤色の水溜《みずた》まりを作り出す。

痛いッ。とてつもなく痛い、が……

「――」

痛いだけだ。

僕の体はまたすぐに再生を始める。止血され、穴は塞がり、また元の形へと戻っていく。あいつ、とことん動く気が無いみたいだな。上半身を上げ、扉の方を確認するが、あいつは眠《ねむ》たそうにこちらを見るだけ。追撃《ついげき》どころか、追ってすらこない。すでに岩棘も地面に引っ込んでる。

二度も攻撃を受けて立ち上がってみせたんだけど……まるで動じてない。どこまでも余裕を貫いてる。

これが傍若無人《ぼうじゃくぶじん》ってやつ？ ちょっと意味違うか。動かないのは、実力があるからこその油断？ 僕が相手じゃ、動く気すら起きない？

「……………」

僕は笑《え》みを深める。

再び立ち上がり、右脚を後ろに下げ、走り出した。

走り出す方向は、犀の方——ではない。犀の周り、犀を囲む木々の間を走る。

駆けて、駆けて、駆けて——犀の周りを全速力で走り続ける。

動く気が無いなら、当然、体の後ろなどに死角ができる筈だ。尻尾《しっぽ》などに目があるなら話は別だけど……見た所、体の後ろ側に目らしき部位は見当たらない。

蛇《へび》みたいに熱を感知できる可能性は……いやでも、犀だし。音に敏感《びんかん》とか？　実は視界が非常に広いなんて可能性も……あらゆる可能性について考えてたらキリがない。

どうせ死なないんだ。なら、一つ一つ試《ため》していけばいい。もし途中《とちゅう》で再生できなくなったとしても、その時はその時。そうなったら大人しく諦《あきら》めよう。

走り続ける。すでに僕は最高速度に達していた。今どれくらいの速さで走れているのかは分からない、けど……走る度に砂埃《すなぼこり》が舞《ま》い、木々の枝が揺れていることから、かなりの速さで走れているのは分かる。もう、人間が出せる速度じゃないな、これは。

これなら犀ももう目で追えなくなっている筈。駄目《だめ》押《お》しでさらにもう少し回って——

僕は犀の左後方に回った所で、右脚を地面に突き立て急停止。

半《なか》ば無理やり停止したことで力が入ったままの右脚、その脚《あし》で再び踏《ふ》み切り、犀の方に突進した。

僕の読み通り、犀は僕を見失っているようだ。さっきまで近付けなかった所まで近付けている。

このまま、加速したことで得た推進力も利用して――――

「――――ッ！」

食らえよッ。

拳を握り、力み、息も止めた状態で――――僕は思いっきり犀の体側部《たいそくぶ》を殴《なぐ》った。

「!!!!」

思いっきり犀の体を殴ったことで、甲高《かんだか》い音が周りに響《ひび》く。

石を岩にぶつけた時のような音。とても大きく、ほんの一瞬だけ響くあの音と一緒《いっしょ》だ。

思いっきり石を岩にぶつけた時、当然、割れるのは石の方だ。岩の方が圧倒的に大きく、硬度でも石の方が負けているから。ぶつかった時の衝撃《しょうげき》に、石の硬度では耐えられない。

その結果を再現するように――――今回壊《こわ》れたのは、僕の拳の方だった。

指が変な方に曲がり、感覚的に、骨が細かく割れているのも分かる。

それに対し、犀の体にはほんの少しヒビが入っただけ。硬《かた》すぎ。本当に生物かよこいつ。

僕の拳は、猿の頭部を跡形《あとかた》も無く吹き飛ばし、地面でさえも割ってみせるほど強力になっている。

その拳《こぶし》でも、ヒビしか入らないなんて。

「……」

そうこなくては。

僕《ぼく》の口角はさらに吊り上がった。

扉の硬度に感激している僕のすぐ近くで、扉は変わらず動くことはなく、それでも、面《おも》白《しろ》くないものを見た時のように鼻息を漏《も》らし、攻勢《こうせい》に回った。

扉に入ったヒビが治癒《ちゆ》されて無くなっていく。

それと同時に、

「――――!???」

強烈《きょうれつ》な濁流《だくりゅう》が僕を襲った。

正確には、大量の土。僕が立っているすぐ傍《そば》から大量の土が吹き出して、僕を押《お》し戻していく。

あまりにも勢いが強いそれは、川の氾濫《はんらん》を思わせる。あらゆる物を押し流《なが》し、侵食《しんしょく》していくあの力強さを。……まぁ、川の氾濫なんて味わったことないから、こんな感じなのかなっていう予想なんだけど。

全然耐えられない。押し留まることができない。呆気《あっけ》なく流されてしまう。

扉との距離《きょり》がまた開いてしまった。

「ッ、このっ……！」

土の勢いが収まったことで、なんとか体勢を立て直し、僕は犀の方を見やる。

僕の顔は綻《ほころ》んでいた。

だって、あの犀は、さっきとは違う攻撃《こうげき》をしてきてみせたんだ。ということは、さっきの一撃《いちげき》は、犀にとって少なからず衝撃を与《あた》えたってことになる。それと同時に、まだまだあの犀には攻撃のバリエーションがあるということだ。実力を隠しているッ。

それが意味する所は、つまり――――まだまだ、あの犀とは楽しめるってことだ。

それが分かったんだ、興奮せずにいられるかッ。

そうだ、この感覚だッ。この高揚、この渇望、この期待こそが、僕の求めた――――

「――――」

いきなり、僕の体の右側が吹き飛ばされた。

頭部と上半身、その右半分が一瞬にして失われた。

何？　なんだ⁇　何が起こった⁇⁇

僕は後ろに――――僕の体を通り過ぎた物に視線をやった。

………杭《くい》？

岩でできた円錐状《えんすいじょう》の杭が、地面へ斜《なな》めに突き刺《さ》さっている。

こいつが、僕の体を吹き飛ばした正体？　こんなの、一体どこから……？

「――――！」

僕は前方――扉の上部に視線を向ける。

視線を向けた方向からは、すでに、複数の杭が飛んできていた。

「――――ッ!!」

なんとか避《さ》けようと動く――――が、時《とき》すでに遅《おそ》し。

飛んできた二つ目の杭によって無事だった左腕《ひだりうで》が吹き飛ばされ、三つ目は僕の目の前に着弾《ちゃくだん》する。

二つ目の杭によって体が逸《そ》らされ、反動で後退していたのが幸いし、三つ目は直撃《ちょくげき》こそしなかったものの、大きさが僕の体と同じかそれ以上の杭が異常な速さで飛来してきたのだ。地面に突き刺さった瞬間《しゅんかん》、とんでもない衝撃が発生し、僕は吹き飛ばされてしまう。

「ぐっ……！」

また扉との距離が開く。

衝撃で仰向《あおむ》けに倒れ、地面を引きずる。

とりあえず、なんとか立ち上がろうと試みた――――所で、

「！」

僕の頭目掛《めが》けて、四つ目の杭が飛来してきていた。

瞬時《しゅんじ》に僕は両脚《りょうあし》に力を入れ、地面と水平に跳ぶ。

なんとか頭への着弾は防げたものの、杭はすぐ近くまで迫ってきていたため、今度は下半身が持ってかれた。

「ガッ……！　はぁ、はぁ……」

躊躇《ちゅうちょ》ないなぁ。

攻勢に転じたら、あんなにも容赦《ようしゃ》が無くなるのか。

僕の体はすぐに再生を始める。一番初めに失った頭部と上半身の右側はすでに再生を終えようとしていた。

「――――！」

だが、そこに間髪入《かんはつい》れず五つ目の杭が飛来してくる。

ちょ、本当に容赦ないな⁉

僕はギリギリ生えきった右手で拳を作り、寝返《ねがえ》りを打つように体を動かして推進力を得ると、地面を殴った。

地面がヒビ割れるほどの衝撃。その反動で体を浮かせ、なんとか杭を避ける――――が、地面に着地した所で、さらに六つ目の杭が飛来。

すでに生えきっていた左腕と合わせて、今度は両腕《りょううで》で拳を作り、うつ伏《ぶ》せの状態で地面を殴る。それによって生まれた地面からの反動により、扉からさらに距離を取るよう斜め前《まえ》へと跳び上がった。

六つ目の杭を回避《かいひ》。上空で下半身の再生も終え、縦に一回転半。僕は体勢を立て直し、地面に着地した。

僕は再び扉の方を見やる。

杭は飛んできていない。三つほど扉の上に停空しているが、それでも飛んでこない。どうやら、杭では僕をやれないと思い、飛ばすのをやめたみたいだ。

気のせいかな？　一瞬、扉が忌々《いまいま》しそうに眉《まゆ》を顰《ひそ》めた気がした。

まぁでも、やめてくれたのは助かったかな。流石に、あの杭を飛ばされ続けると面倒《めんどう》が過ぎる。

こっちとしても、一息つけるのはありがたい。

「……………」

あれ？　そういえば……反射的に頭部への攻撃は避けてきたけど、別に、避けなくてもよかったんじゃないか？　心臓取られても死ななかった訳だし。

考えてみれば、即死《そくし》でも問題なく治ったんだよなぁ、僕の体。真面目に、避けなくてよかった可能性が出てきた。

避けなくてよかったなら……さっきの、無駄《むだ》な苦労じゃん。

「はぁぁ～……」

そう考えると、ちょっと損した気分。

まぁ、頭を失っても本当に問題が無いかは、また犀から攻撃を受けた時に確かめよう。

駄目《だめ》だったら、その時はその時。

立ち上がり、再び犀の方を見る。

こちらの様子を窺《うかが》っているのか、攻撃してこない。

攻撃してこないなら、こっちから行く――よ！

僕は母指球に力を集中させ、犀に突撃《とつげき》した。

でも、一直線に突撃はしない。ギリギリで向きを変え、また犀の周りを囲むよう円周状に走り続ける。

「ブモォォ……」

犀は相も変わらず座している。

しかし、自分の周りを彷徨《うろつ》く僕が煩《わずら》わしくなってきたのか、吐いた息から不機嫌《ふきげん》になっているのが伝わってくる。

「────！」

犀《さい》の変化を感じ取った瞬間、犀の周りの地面が波打つように動き、そして、岩で作られた多数の大きい棘《とげ》が地面から出現した、全方位無差別攻撃、どこにいようが動いていようが関係なく、等しく相手を葬《ほふ》るための一手。

犀の周りに生えていた樹木ですら、穿《うが》たれ、削《けず》られ、そして折られていく。

やはり、僕を近付けるつもりは無いようだ。

確かにこれなら、僕がどう走り回ろうが関係なく貫《つらぬ》くことができる。────地面の上を走り続けていたら、の話だけど。

地面が波打つのを見た瞬間、僕は跳躍《ちょうやく》を行っていた。

すでに二度、僕はあの突起《とっき》によって蜂の巣にされている。二度もやられれば、あの地面の脈打ちが岩棘生成の予備動作だと流石に分かる。しかも、岩棘は地面が波打った箇所《かしょ》からしか生えないから、攻撃範囲《こうげきはんい》も分かりやすい。

僕は今、犀の頭上にいる。犀はまだ気付いていない。

空中で、右の拳を体の後ろに引き────落下している勢いを利用して。

重力加速度によって高められたこの力を、この拳に乗せて────

「ツッッ!!!!」

撃《う》っ!!!

僕は拳を放った。

僕の拳と、犀の背から生えている岩がぶつかる。

先ほど殴った時よりも一際《ひときわ》甲高い音が響き、僕の攻撃により犀の体が少しだけ地面にめり込む。それでも発散されなかったエネルギーが衝撃波《しょうげきは》となって、周りに力を伝えた。

「——ッ！」

しかし、それでも、また壊れたのは僕の拳の方だった。

手の骨が砕《くだ》け、衝撃に耐えられなかった皮膚《ひふ》は破け、血が飛び散る。

犀が背負っている岩には亀裂《きれつ》しか入っていない。

ほとんど、さっきと同じ展開になってしまった。

けれど、さっきとは少し違う所があって——

「——!???」

そこで、何か大きい物体が僕の体の左側にぶつかった。

さっきまでの貫かれる痛みとは違う。ぶつかった所から衝撃が体全体に伝えられていくような鈍《にぶ》い痛み。

何かがぶつかったことにより、それで僕の体の骨は簡単に砕け、陥没《かんぼつ》し、犀の上から吹き飛ばされた。

また犀から離《はな》れてしまったな。

というか、僕を打ったアレ――尻尾だ。

鞭《むち》のように尻尾をしならせて、先端《せんたん》の岩をぶつけてきやがった。

でも、尻尾をしならせたぐらいじゃ、犀の上にいた僕に当たる筈《ハズ》がない。間違《まちが》いなく、あの尻尾、伸びた。

尻尾が伸びるなんて聞いてない。

「ぐっ」

ある程度浮遊《ふゆう》した所で体が地面に着き、まだ残っていた衝撃により、僕の体は砂埃を舞い上がらせながら土を引きずる。

「たく……痛いなぁもう」

こんな状況だというのに笑えてくる。

だって、こんなの、おかし過ぎる。

こんなにも多才で、確かな防御力《ぼうぎょりょく》を持った強者《こいつ》が、未《いま》だ弱者《ぼく》を殺せないでいる。圧倒的《あっとうてき》強者であるこいつが、僕を殺せないことを訝《いぶか》しみ、憤《いきどお》っている。

本来、手が届かない所にいるこいつと、僕は確かに戦えている！

こんなの……こんなのッ、笑えてくるに決まっているじゃないか!!
軋《きし》む体に鞭打《むちう》って、僕は上半身を起こす。
そして――
「…………え？」
すぐにまた攻撃を仕掛けよう――と考えた所で、急に辺りが暗くなった。
なんだ？
僕は上を向く。
そこには――
「――あ」
馬鹿でかい、丸太のような物体が浮《う》かんでいた。
僕の何倍……いや、何十倍、何百倍あるんだ？
あまりのことに、言葉を失ってしまう。
でも、あれがなんなのかはすぐに検討がついた。
「――!!!!」
丸太のような物体が落下。
真下にいた僕は、避けることすらできず、圧死してしまう。

それだけじゃない。あまりに広い底面積が故、僕の周りに生えていた草木まで巻き込み、全てを圧殺していく。

全てを平等に押し潰《つぶ》す天よりの石槌《せきつい》。

こんなの、誰が予想できる？

石槌は全てを圧殺すると地面に着地。そのまま直立を貫き通す。

異常な大きさの物体が空から地面に降りたのだ。砂埃が舞い、衝撃が強風となって辺りを襲《おそ》う――だけじゃない。

石槌はその重さが故、地面までをも揺《ゆ》らし、簡易的な地震《じしん》までも引き起こした。

推定震度《しんど》四。到底《とうてい》、物体一つで引き起こされたとは思えないほどの揺れであった。

□□□

これは……凄《すご》いな。

こんな体積の物、どこに準備していたんだ？

僕は再生を終えていた。

位置的に、岩扉とは石槌を挟《はさ》んで反対側。丁度、僕の姿は石槌によって隠《かく》れている。

頭を潰されたけど……僕の体は問題なく再生を終えていた。

記憶《きおく》や意識、人格にも一切影響《いっさいえいきょう》が無い……と思う。

これで、体のどこに損傷を受けても、無事再生されることが判明したな。スキルの力、すごっ。

僕は石槌に左手を当てて、観察していた。

こんな体積の物まで一瞬《いっしゅん》で作れるのか？

いや、それなら、もっと早くに作っているんじゃないかな？　わざわざ、ここまで戦いを引き伸ばす意味が無いし。

しかも、この石槌にはしっかりとした質量がある。張りぼてじゃない。尚更《なおさら》、一瞬で作れるとは思えない。

上空で作って隠してた？　僕と戦いながら？

「………」

だとしたら……最高じゃないか。

これほどの大きさの物を一瞬では作れないとしても、それでも、僕と戦いながら、並行《へいこう》してこれほどの物を作ってみせた。

戦いの素人《しろうと》である僕にも、これがとんでもないことだって分かる。

あぁ……凄いなぁ……強いなぁ。

素晴《すば》らしいなぁ。

「……」

僕は気付いたら石槌を殴り始めていた。

多分、今鏡を見たら、僕は酷《ひど》い顔をしているだろう。えげつないほど口角が吊り上がっていると思う。

でも、どうしようもなく抑《おさ》えられない。この、言葉に表せない気持ちはなんだろ？　全然、全く、抑えが効かない。

「ふふ……ふふふ……」

岩扉《あいつ》を殺せたら、どんな気持ちになるかな？

僕は殴る。石槌を、殴る。右の拳で殴って、今度は左。殴って、殴って、殴って――

激しい音と振動《しんどう》が石槌を伝い、周りへ広がっていく。

石槌は一度殴《なぐ》っただけでは壊せなかった。一回では、せいぜいほんの少しヒビが入った程度。

逆に、僕の拳は一度殴るだけで骨が粉々に砕け、ひしゃげてしまう。

でも、これでいい。

拳がひしゃげると同時に、また反対の拳で殴る。さっきと同様の結果が起こる。

そしてまた、左手で殴っている間に回復していた右手で石槌を撃つ。

何度拳《こぶし》が壊れようとも継続《けいぞく》した。

「はははは!!」

次第《しだい》にヒビは大きくなり、殴る度《たび》に石槌の揺れが大きくなっていく。

石槌は、岩犀とは違い、再生しないようだ。

これで十何度目かの右ストレート。

――とうとう、石槌が砕けた。

さぁ、戦いを再開しよう。

石槌が砕け、次々と岩の破片《はへん》が落ち、砂埃が舞う中、僕は迷わず岩犀に向かって突っ込んでいった。

高揚《こうよう》している。策も何も無い。ただ、この気持ちをぶつけるために岩犀へ突進していく。

煙《けむり》から抜《ぬ》け、岩犀が僕を認識《にんしき》した瞬間、岩犀は自身の頭上に人の身長と同じくらいの石柱を作り、こちらへ向かわせてきた。

底面が八角形なそれが、僕の頭部にぶつかり、体から頭が離れていく。石柱に巻き込《こ》まれ、頭部が持ってかれた。

石柱の勢いが思いの外《ほか》強く、石柱に引きずられる形で体が倒《たお》れる。

けれど、すぐに再生が始まる。骨から順に頭部が形を取り戻《もど》していき、それに伴《ともな》い、僕は腕《うで》を使わず、脚だけで立ち上がった。

まだ頭部の再生が終わってなかったけど、それでも、僕は岩扉の方に顔を向ける。

僕が笑っていることに、岩扉は気付けたかな？

岩扉に向けて再び突進する。

また石柱が飛んできた。今度は二本。

僕はまた、それを避けずに食らう。石柱の一本が右腕《みぎうで》を吹き飛ばし、もう一本が胸に突き刺さった。

そのせいで倒れてしまったけど、また僕の体は再生を始める。その際、勝手に異物である石柱も抜いてくれるのだから、本当にスキルというのは便利だ。

何故《なぜ》、岩扉の攻撃を避けないのか。

それは、あることが理由だ。

まず、扉に行った二度目の攻撃。あの時にできた亀裂は、一度目の攻撃でできた亀裂《それ》よりも大きかった。

次に、猿《さる》を殺せた時に感じた違和感《いわかん》。

傷を負う毎《ごと》に、僕の体は強くなっている。

理由は説明できない。でも、実際にそうなっている。

いや、理屈《りくつ》なんてどうでもいいや。強くなってる、その事実があれば他はどうでもいい。僕はあの犀を倒したい。この手であの犀を殺してみせたいんだ。僕という存在で、あの犀を圧《お》し潰したい。

傷を負う毎に強くなるなら、やることは一つ。あの犀の攻撃を受けまくればいい。

破壊《はかい》を受け入れて、何度も何度も何度も何度も壊してもらう。

そうすれば、僕はきっと――

「……………」

僕は笑いながら、再び岩犀に突っ込んだ。


その後は一方的な蹂躙《じゅうりん》が続いた。

勿論《もちろん》、蹂躙されたのは僕の方。

杭で穿たれ、岩で押し潰され、石の礫《つぶて》で撃たれ、地面から生える岩の棘で刺され――

何度も何度も何度も僕の体はボロボロになっていく。

そう、何度も何度も何度も何度も何度も何度も何度も何度も何度も何度も何度も

何度も何度も何度も何度も何度も何度も何度も何度も何度も何度も何度も何度も何度も何度も何度も何度も何度も何度も何度も何度も何度も何度も何度も何度も何度も何度も何度も何度も何度も何度も何度も何度も何度も。

でも――

「ははははは!!!!」

――いや、だからこそ、笑いが止まらない。

岩犀の攻撃は、僕の体を壊し、血を流させる。勿論痛い。どうしようもなく痛い。

でも、それだけだ。

体が壊されて再生する度に、強くなっているという実感が生まれる。

僕を屈服《くっぷく》させるため、僕を虐《いじ》め抜くためにあった暴力が、今では、僕にとって意味のあるものへと昇華《しょうか》されている。

こんなおかしなことはない。

滅多《めった》打《う》ちにされながらも笑う僕に対し、攻《せ》めている筈の岩犀の方が焦《あせ》っている……ように見えた。

再生しながら、ガトリング砲《ほう》のように連続して飛んでくる岩の礫を切り抜けて、再び岩犀に接近。そこで、またしても伸《の》びた尻尾により薙《な》ぎ払われる。

肉はひしゃげ、骨は陥没。しかし、この傷が・この痛みが、またしても僕を強くしていく。

「――――ッ、ブモォォォォォォ!!!!」

吹っ飛ばした僕に追撃として、岩犀は地面からどんどんと岩柱を乱立させていく。自分の近くから離れるにつれ、徐々《じょじょ》に高く盛り上がっていく石柱群。僕の所に到達《とうたつ》した頃《ころ》には十メートルほどの高さになって、僕の体をバラバラにした。

まるで「もういい加減に死ねよ！」と言わんばかりの雄叫《おたけ》びで、攻撃だ。

しかし、そんな岩犀の反応に構わず、僕の体は石柱の横で再生し、再び岩犀へ突進《とっしん》を始めた。

傷を負う毎に強くなると気付いてから、何度も破壊と再生を繰《く》り返した僕の体。

――――もうそろそろ、いいかな？

岩犀の方から、石でできた杭が飛んでくる。

僕はそれを、斜め前に跳躍することで回避した。石柱の上を僕の体は通っていく。

今の強化具合を確かめるため、攻撃に転じる。

異常な速度で動いてるから、体に風がまとわりつく感覚があるが、そんなの気にせず、その風を破るが如く、空中で縦に回転し、自由落下に合わせて、僕は踵《かかと》落としをくり出した。

僕の攻撃が岩犀の背中の大岩にぶつかった――瞬間！


「ブォオオォォォォォアアアアア!???」


奴《やつ》の体が大きく砕けた。

あれだけやっても壊せなかった岩犀の体が、遂《つい》に壊せた。

僕の踵が当たった瞬間、奴の体に多数の不規則なヒビが入り、次の瞬間には体がバラける。

衝撃はそれだけでは収まらず、岩犀を砕いた後は地面へと伝わり、そのまま地面を割る。

さらに、まだ収まらない衝撃が辺りに伝播《でんぱ》し、次々と地面を割り――たった一発の攻撃で、大地が砕かれたのだ。

岩犀の体は間違いなく壊れた――そう、まるで、大岩が砕けた時のように、バラバラに。

「――――！」

奴の体の中から何か出てきた――と思った瞬間、

「⁉」

まだ空中にあった僕の体が、お腹《なか》辺りで二つに分けられた。

何かが物凄《ものすご》い勢いで飛んできて、それに当たった反動で千切れてしまったのだ。

一体、何が……？

僕は視線を後ろに向ける。

そこには、さっきの岩犀をかなり小さくした、僕の膝《ひざ》くらいの体高しかないミニ犀が、僕を睨《にら》みながら自由落下していた。

岩犀の体から出てきて、僕の体を貫いたのはあいつか。

さっき砕いた岩犀とは違《ちが》って、背中に岩は背負って……というか、生やしてない。

かなりのスピードだったぞ、今の突進。

岩犀の子供？　いや……。

僕はさっき砕いた岩犀の体を見やる。

さっきまで動物のような血色を誇《ほこ》っていた体が、今では物言わぬ岩片へと成り下がっている。

つまり、さっきまで砕くのに苦労していた体は、あのミニ犀が作り出した岩でしかなかった、ということか。

僕の体とミニ犀が同時に着地する。僕の方は無様《ぶざま》に、だけど。

ミニ犀はこちらを見て警戒《けいかい》している。完全に二つに千切れた僕を見て、警戒している。

まぁ、流石《さすが》に、あんなにも再生する姿を見せれば、この程度で殺《や》られないことぐらい分かるか。

二つに千切れた肉体が元に戻ろうと動き、皮と皮・肉と肉が互《たが》いに伸び、ミチミチと結び付いていく。

そうして、再生中に僕は立ち上がり、完全に再生が終わった所で――

「ははぁ……！」

――今の僕の気持ちを伝えるために、笑顔《えがお》をミニ犀に向けてやった。

「ブモォォォォォオオオオ!!!!」

その笑みを見て、ミニ犀が吠《ほ》え、突進してくる。

「――――!!」

速い！　あの猿と比べても全く劣《おと》らない。

凄い……さっきとはまるで別物だ。

あっという間にまた僕の腹部にミニ犀の体がぶつかり、貫通《かんつう》し、千切られる。

今度はそれだけに留《とど》まらない。

僕を貫いたミニ犀は、地面に着地すると同時に、自ら生み出した勢いを強引《ごういん》に四本足で止め、瞬時に方向転換《てんかん》。今度は僕の左腕に向けて突進してきた。

腹部が千切られたばかりだというのに、今度は肘《ひじ》から下の左腕が持っていかれる。

次は右大腿部《だいたいぶ》・右肩《みぎかた》・左脇腹《わきばら》・膝から下の左脚――――次々と体がバラされていく。

そして、最後には頭部、と抜け目《め》のない連続攻撃。

たった数瞬《すうしゅん》で僕の体はバラバラだ。

「ブモォォォ……」

頭部を吹《ふ》き飛ばした所で、ミニ犀は止まり、こちらに尻《しり》を向けたまま、顔だけこちらを振《ふ》り返る。

流石に、これだけ破壊して、バラバラにすれば、もう再生できないだろうって思ったのかな？

僕も、このスキルの限界は分からないけれど……どうやら、今回も無事に再生できるみたいだ。

僕の体は瞬時に再生を開始する。

千切られた部位が胴体《どうたい》の位置へと集まって、ミチミチと音を立てて繋《つな》がり、消失した部位は血や肉塊《にくかい》が宙《ちゅう》を舞い、骨から修復をして――また元の人の形となり、その場に立つ。

「ブモォ……ッ、ブモォォォォオオオ!!!!」

ここまでやってもまるで死ぬ様子のない僕に、ミニ犀は戸惑《とまど》い、微《かす》かに身じろぐも、すぐにその弱気を振り払《はら》い、吠えながら突進してこようとする。

いいねぇ……そうこなくっちゃ。

そのミニ犀の度胸《どきょう》にまたしても胸が高鳴り、ミニ犀を真正面から迎撃《げいげき》しようと拳を引く。

そして、

「――――!」

「――――ッッッ!!!!」

僕の拳と、ミニ犀の額《ひたい》にある岩が、勢いよくぶつかった。

ぶつかった瞬間、骨と岩がぶつかったとは思えないほど派手な音がして、僕とミニ犀は互いに後退させられる。

まるで、金属と金属がぶつかったような金切り音。一瞬だけだが、この森の中に喧々《けんけん》たる音が響き渡《わた》った。

今ので、僕の攻撃とミニ犀の突進は同程度の威力《いりょく》を持つことが証明された。

ミニ犀の突進を真正面から受けたおかげで、僕の拳はひしゃげ、酷い状態になっている。

だが――――それはミニ犀も同じことだ。

ミニ犀の額の岩には大きく亀裂が入り、そこからタラタラと赤い液体が流れ出ている。

どうやら、先の作られた大きな体とは違い、今のミニ犀の体はきちんと血の通った本体らしい。

全身を砕くには至らなかったことから、先の岩で作られた体よりもミニ犀の体は硬いことが窺《うかが》えるが、それでも、傷付けられないほどじゃない。

いける……いけるッ。

弱者《ぼく》の拳が、強者《サイ》の命にまで届こうとしているッ。

あと少し……あと少しだぁ。

あと少しで、僕はぁ……！

「――――！」

額を割られ、膝を着いていたミニ犀が、小刻みに震《ふる》えながらも立ち上がった。

強者としての意地……だろうか？　このまま倒れ伏《ふ》すことは、自身の誇り《プライド》が許しはしない――そんな気概《きがい》を犀の目から感じる。

いいじゃん。それでこそ、潰しがいがあるッ。

僕が獰猛《どうもう》に口元を歪《ゆが》ませ、重心を低くして体勢を整えた――その時だった。

「ブゥオオオオオオオオ!!!!」

雄叫びを上げたと思ったら、ミニ犀の体が急に黄色く発光し始めた。

どこか赤々しくも感じるその光が辺り一面を埋《う》め尽《つ》くし、僕はあまりの光量に目が開けられなくなる。

凄いな。なんだ急にッ。

光り始めたことで強いエネルギーも生産しているのか、強風がミニ犀を中心に四方八方へと向かっている。

光と風のせいで目を開けていられない。

しかし、それでも、何が起こってるのか確かめたくて、なんとか細目を開ける。その限られた視界から状況《じょうきょう》を確認《かくにん》する。

「………？」

なんだ、どうなってる？

この風だ、僕《ぼく》はおろか、他全てのものを受け付けない状態へとミニ犀はなっている。まぁ、無理をすれば近付けないこともないけど、それはあくまで僕だからだ。意思も無く、耐《た》える力も無いただの物では、近付けない筈だ。なのに――――これはどういうことだ？

木々や雑草は等しく吹き飛ばされている。にも関わらず、そこらに散らばっていた岩石だけは、遠ざけられずに、むしろミニ犀の方に引き寄せられている。そして、ミニ犀の体へと密着した瞬間、岩石達も光源となって光を発し始め、次の瞬間、まるでゼリーのように形を崩《くず》し、ミニ犀の体へと吸収されていってる。

ミニ犀の体は吸収した岩石の数と比例するようにどんどんと大きくなり、遂には――――

「オオッオオオオオオオオオオオ!!!!!!」

膨大《ぼうだい》な熱までも発し、そこら一帯にあるもの全てを弾《はじ》き飛ばした。

□□□

屈止無《くしな》を襲ったのは、最早《もはや》、光の暴力としか形容できないほど理不尽《りふじん》なものだった。

犀は、自らを起点として風と熱を生み出し、近くにあったもの全てを文字通り消失させた。そこらにあったもの全てを吹き飛ばし、焼き尽くし――――荒涼《こうりょう》とした土地を作り出し

てしまった。

そうして何もかも失わせて、そうすることが役割だったと言わんばかりに、光は消えていく。

そこらに芽を出していた雑草はどこにも無く、木々は根っこから焼き尽くされ、黒灰と化したもの以外何も無く。

この虚《むな》しい空間こそが、決して怒《おこ》らせてはいけない荒《あら》ぶる神を再び立ち上がらせたことを比喩《ひゆ》しているようだった。

この世界で定められている【危険度ランク】はSランクまで。そのため、Sランク以上の怪物《かいぶつ》はその強弱を区分することができない。あまりにも強大過ぎる力を持っているが故に、人ではその強さを細かく測れないのだ。

Sランクまでしかないが故に、あの猿同様にSランクと認定《にんてい》されてはいるが――この犀の実力は、あの猿よりもさらに上。都市どころか、一国をも軽々と滅《ほろ》ぼしかねない、災《さい》厄《やく》の一種。

世界で数種しか確認されていない、『歩く災害』と呼ばれる猛獣達《もうじゅうたち》の一頭。

名を『眠《ねむ》る暴虐《ぼうぎゃく》』バイレントロック・スライノー。

起こしたら最後、何もかも火の海に沈《しず》める破滅《はめつ》の化身《けしん》である。

□□□

おおぉ……凄いな、これ。

さっきから何度も凄いと感じていたけど、これはその中でも一入《ひとしお》だ。

僕は今、扉よりも約十キロほど離れた所で再生していた。

目の前に広がるのは黒く染まった死の大地。そこがさっきまでは森だったとは一分《いちぶ》も思えないほど見事に焼き尽くされている。

全てを見た訳ではないけど、おそらく、あの扉を中心に、半径十キロの地点は全てこうなってしまったんじゃないだろうか？

だとしたら……うん、凄すぎッ。

あぁ……ヤバいな。これはヤバい。ヤバすぎるッ。

岩だけじゃなく熱も自由に扱《あつか》えるんだ、とか、こんなにも広範囲《こうはんい》まで攻撃《こうげき》が届くんだ、とか、ほとんど一瞬で大地を焼き尽くすほどの熱が出せるんだ、とか、まだまだ余力を残していたんだ、とか。

他にも感動は沢山《たくさん》ある。あるんだけど……ッ！

「くふふふ……」

あぁヤバい。この感動を表す言葉を、僕は知らない。

こんなにも気持ちが昂《たかぶ》ることとなんてなかった。高揚し過ぎて胸が張り裂《さ》けそうだ。

あぁヤバいヤバいヤバいヤバい、ヤバいッ。

「ふふふふ……」

さいっこうだぁ……！

「ははははは!!」

そうやって、高笑いをしていたら、

「――――！」

扉が一瞬で目の前に現れ、

「――――っ!!!!」

僕を轢《ひ》き殺していった。

物凄い速さだった。

扉の姿を見れたのはほとんど一瞬。

音速を軽く超《こ》えている。ミニ扉だった時よりも速いんじゃないか？

一瞬しか見れなかったけど、扉のやつ、かなり大きくなってる。最初に出会った時と同じ大きさに戻ってないか？　当然だけど、質量もミニ扉の時より増してる。

サイズが大きくなって、質量も増えて、速さも上がってる。一体、どうなっているんだ？

これに加えて、さらに、今の扉には熱による攻撃もある。

今も、扉はかなりの熱を持っているのか、体に炎《ほのお》を纏《まと》わせながら突進してきた。そのせいで、扉の通った道は真っ赤に燃え上がり、どこを通ったかハッキリ分かるようになっている。

速くて、熱くて、重い攻撃。シンプルだけど、強力だ。

そんな扉に轢《ひ》き殺されたおかげで、僕の体は、先程と同様に灰となって散っていく。

流石に、あんな攻撃には耐えられない。

「………」

けれど、再生はする。

散った灰がまた一つに集まり出し、その内一つの肉塊となって、その後どんどんと人の形を作り出し――――

「――――!?」

そうやって再生している最中に、また犀が突進してきた。

ちょっ、まだ人の形にすら戻ってないんだけど。

せっかく肉となった僕の一部が、超高熱《ちょうこうねつ》の犀に轢き殺されたことで、また灰となって消えていく。

「ブモォォォォォォォォオオオオ!!!!」

犀はそれで止まらなかった。

徐々に反応も速くなっていき、灰が肉塊へと変わった瞬間《しゅんかん》にはすでに轢かれるようになって。

そこから、犀の反応はさらに過剰《かじょう》になっていき、まだ肉塊にすらなっていない、集まって大きくなっているだけの灰の塊《かたまり》にまで突撃《とつげき》するようになった。

舞《ま》っている灰全てを消し飛ばすかの如《ごと》く縦横無尽《じゅうおうむじん》に暴れ回り。

最終的には、残像しか見えなくなるほど加速したせいで、火を纏った高熱の犀は、炎の渦《うず》を発生させた。

いや、これは最早、炎の竜巻《たつまき》だ。物理法則を超《こ》えた異次元な走りによって生み出された竜巻に、犀の纏った火が巻き込まれた結果、生み出された災害。

何もかも吹き飛ばし、焼き尽くす、都市壊滅《かいめつ》級の災害。

あらゆる者を焼失《しょうしつ》させる灼熱《しゃくねつ》の渦には誰《だれ》も耐えられず、僕だったものは灰ごと全て消し尽くされた。

灰燼《かいじん》に帰すとはこのことを言うんだろうか？ いや、それを言うにしては、焼き尽くされすぎか。

灰の焼失を感じ取ったのか、犀は徐々に速度を落とし、それに呼応して炎の渦も消えていく。

そこから、自分が生み出した災害の結果を見守る――――かと思われたが、犀はそれでも止まらなかった。

犀が膝を曲げて力を溜《た》める。

次の瞬間、犀の姿は雲の中に消えていった。

あの巨体《きょたい》でありながら、垂直跳《すいちょくと》びだけで軽く四千メートルを越える跳躍力《ちょうやくりょく》。あの巨体の中には、一体どれだけ高密度な筋肉が詰《つ》まっているのか。

しかし、これはあくまで跳躍《ちょうやく》だ。あの犀は跳べるが、飛べる訳ではない。

扉が跳躍した後、数瞬の間は姿を現さなかった。

その間に、僕の肉体は再生を試みる。小さな肉塊が空中に現れて、徐々に大きくなっていく。

そこで、突如《とつじょ》、普段《ふだん》は耳にしない大きな風切り音が聞こえ始めた。

まだ扉の姿は見えない。しかし、何かが高速で落下してくる音が確かに聞こえる。

どこから落下してくる？　いや、それは、一目瞭然《いちもくりようぜん》か。何故《なぜ》なら、一部の雲の隙間《すきま》から、溢《あふ》れんばかりの光が漏れていたから。

瞬間、雲が掻《か》き分けられる。

現れたのは超弩《ド》級の熱の塊。

大気圏突入《たいきけんとつにゆう》により燃え上がる隕石《いんせき》を彷彿《ほうふつ》とさせる。

ということは……あの扉、ただの跳躍で、大気圏《たいきけん》を越えたってこと？　やばすぎでしょ

ツッッ!!!

隕石が大気圏に突入《とつにゆう》する際、非常に分厚い空気の層を掻き分けることで、大量の原子を動かし、熱を持つ。その時に持つ熱は一万度にも達するとか。

それが、元々扉が持っていた熱にプラスされて……しかも、あの扉の耐久力《たいきゆうりよく》が常識を超えているせいで、体積は全く削《けず》れてなくて……。

え？　まずくない？

ほとんど再生の終わっていない僕では避《さ》けようもなく、隕石の衝突にも等しい犀の一撃《いちげき》を、諸《もろ》に食らうこととなった。

犀が地面とぶつかった瞬間、核爆弾《かくばくだん》を超える規模の爆発《ばくはつ》を引き起こし、衝撃《しょうげき》が断続的に辺りを襲っていく。映像で核爆弾の威力を見た時、純粋《じゅんすい》に「凄い」と感じたが、これは明らかにそれ以上だ。

爆発だけじゃない。まるで最初から地面には数多《あまた》の地雷《じらい》が等間隔《とうかんかく》に埋められていたかのように、衝撃が伝播し、地面を掘《ほ》り返していく。

どんどんと衝撃は森を破壊していき、遂には、被害《ひがい》が半径二十キロを越えて。

あまりに強すぎる衝撃故に、犀の一撃は惑星《わくせい》にダメージを与《あた》えたのではないかと思ってしまうほどだ。

衝撃が収まった後もしばらく煙が晴れず、詳《くわ》しい状況は分からずじまいだったが――

煙が晴れた瞬間、その被害が明らかとなった。

森の中に出来上がったクレーター。着弾《ちゃくだん》地点から半径二十キロ以内の地域には、あまりの高温によって灰となった白い砂以外何も存在せず――犀はたった一撃で、森を一部消し飛ばしてしまったのだった。

犀の落下により温められた地面。未《いま》だその熱は収まっていないのか、地面から白い煙が漏《も》れ出している。

そのせいで煙が完全には晴れていないが、しかし、犀の着弾時よりは辺りが見えるようになっている。

犀は、着弾から少し経《た》った今でも動いてはいなかった。

静かに、前だけを見据《みす》えている。まるで、何かの出現を疑ってるみたいだ。

だが、そんな犀だが、心做しか、サイズが一回り小さくなっている気がする。流石《さすが》の化け物犀でも、あの着弾時の衝撃はこたえたのかもしれない。まぁ、あの爆発でバラバラになってない時点で、十分化け物なのだけれど。

犀は動かない。事の成《な》り行《ゆ》きを静かに見守っているだけ。

いや、見守っているのではなく、疑っているから動けないのかも。あれだけ何度も再生を繰り返し、向かってきたからこそ、僕がまだ死んでいないのではないか、と疑い、それを確かめているのかもしれない。

……どっちでもいいか。

どうせ、再生することには変わりがない訳だし。

扉から少し離《はな》れた位置で、僕は再生を終える。

煙が良いカモフラージュになったのかも。再生中に襲《おそ》われなかったおかげで、無事に五体満足で地を踏《ふ》みしめていられる。

……それとも、気付いてはいたけど、もう追撃《ついげき》する余裕《よゆう》は無かった？

そうだよね。この扉は、十キロ離れた箇所《かしょ》で再生した僕に気付き、突進してきた。煙で見えにくくなってるとはいえ、気付かない訳がない。後者かもな。

もし後者なら、それはつまり、この扉はバテてきてるって訳だ。たかだか人間でしかない僕を殺しきれず、疲労《ひろう》を溜めてしまった訳だ。

圧倒的《あっとうてき》強者である扉《こいつ》が、弱者《にんげん》である僕を相手にしたせいで疲《つか》れている。

「……」

その事実に至った瞬間、僕の口角は自然と吊《つ》り上がった。

「ブフゥ……！」

僕が扉のもとへと歩き始めると、煙でよく見えなかった扉の表情が見えるようになった。

扉は、忌々《いまいま》しげにこちらを睨みつけている。

「――」

その瞬間、僕は口を開き、大きく笑《え》みを浮《う》かべてしまった。

「ブモオオオ!!」

犀が吠えると、それに呼応して地面が波打ち、その後、地面から白い砂で作られた土棘《つちとげ》がいくつも生えて、こちらに伸びてくる。

異常な熱や身体能力に気を取られていたけど……そうだよね、今戦っている犀も、初めに戦った岩犀も、同一の存在だ。今の状態でも、熱だけじゃなく、岩を操《あやつ》る能力が使えたって不思議じゃない。

拳《こぶし》を握《にぎ》る。それを後ろへ大きく引き、そして、

「――――ッ!!」

岩棘に向かって大きく振り抜いた。

僕を殺すため、何度も生成された棘。簡単に僕の体を貫《つらぬ》き、蜂《はち》の巣へと変えてきた棘達《たち》。

最初は、その棘達に為《な》す術《すべ》もなく貫かれた。この棘だって、その棘達と硬度《こうど》はなんら変わりない。

――――ただ、違うのは、
僕の拳が棘と当たった瞬間、

――何度も破壊され、

棘の方が砕《くだ》け、

――その度に強度を増してきた、

その後、拳を振り抜いた衝撃で、

――僕の拳の方だ。

他の棘も一掃《いっそう》された。

粉々に砕かれた棘が残骸《ざんがい》となってバラバラと地面に落ちる。
僕はちゃんと強くなっている。それが証明された。
次は、あの扉の番だ。

追撃をしかけるため、視線を犀の方に向けた――瞬間、
犀がオレンジがかった黄色い光を発しており、

「――！」

「ブモォォォォォアァアアアアア!!!!!」

次の瞬間、熱のドームが辺りを包んだ。

犀を中心に、半径一キロの範囲《はんい》で展開された熱爆破《ばくは》。

犀が最後に変身した時と同じ熱波《ねっぱ》だ。

あれに巻き込まれたら、一秒ともたずに灰と化してしまうだろう。

かなり疲労している筈《ハズ》なのに、それでも、まだこんな攻撃ができるのか。

それでも、全部が全部さっきと同じという訳ではない。

変身時にこれを行った時は、事前に辺りの岩を吸収して大きくなっていた。おそらく、この岩の吸収は、熱を作るためのエネルギー補充《ほじゅう》という面もあると思う。だが、今の犀はそれを行わなかった。エネルギー補充するほどの余裕は無かったのかな？　周りに吸収できそうな岩が無いし、遠くの岩を引き寄せるには余力が無い？　さっきはかなり遠くからも岩を引き寄せていたのにね。それに、熱を放出するために少し溜めを要《よう》していた。

これで、犀が疲労していることが決定的になった。さっきの棘は、これを発動させるた

めの時間稼《かせ》ぎだった訳だ。

なけなしの力を振り絞《しぼ》ってでも僕を殺しにくる――いいね、それでこそ、潰《つぶ》しがいがある。

僕は熱爆破を食《く》らっていなかった。

扉が光ってるのを確認した瞬間、上に跳躍をしたのだ。

力を溜める時間が無かったから、さっきの扉ほど高くは跳べなかったけど、それでも、雲に触《ふ》れられるぐらいには高く跳べた。

これぐらい跳べれば十分だろう。

扉はエネルギー補充をしたことで熱を生み出すようになった。それはつまり、熱を使う場合、元の状態で生み出せるエネルギー量では足りないということ。あの熱生成は、相当エネルギー効率が悪いようだ。

しかも今回は、エネルギー補充を行わなかった――否、行えなかった。そんな状態で、エネルギー効率の悪い熱生成を、こんな大規模で行えばどうなるか――簡単だ、すぐにエネルギーが尽きる。

この攻撃は、ほんの刹那《せつな》の煌《きら》めきでしかないという訳だ。

それでも、刹那の煌めきとはいえ、この熱量だ。触れれば、一瞬《いっしゅん》で消し炭にされたことだろう。

　そうして、僕がまた再生しなければならない、となれば、扉も移動する時間もエネルギー補充する時間も十分稼げ、戦闘《せんとう》は継続《けいぞく》になった筈だ。

　でも、僕はその誘《さそ》いに乗らなかった。攻撃を避けた。

　この扉との戦闘は楽しい。扉の、予想外の行動と常軌《じょうき》を逸《いっ》した強さは、何度も僕を高揚《こうよう》させ、刺激《しげき》を与えてくれた。できることなら、まだ終わって欲《ほ》しくないとすら感じる。

　でも……。

　僕は、それと同時に、圧倒的強者である扉を、この拳により屠《ほふ》りたいとも思っている。弱者でしかなかった人間によって、圧倒的強者が沈む姿を見たいのだ。自分の方が上だと確信している奴らを、下へ引きずり堕《お》とす快感が欲しい。

　僕が望むのは妥協《だきょう》じゃない。純粋な強さによる魂《たましい》のぶつかり合い。生死を懸《か》けた戦いでありながら、僕だけがその枠外《わくがい》にいるという愉悦《ゆえつ》を味わいたい。

　だから――――それを証明するために、もう終わりにしよう。

　扉の展開していた熱ドームが縮小していき、消える。

　そうして再び姿を現した扉は、またしても一回り縮んでいた。

　相当エネルギーを消費したのか、かなり息を切らしてる。

疲労に疲労が重なったせいか、上空にいる僕にも気付いていない。

あぁ……このまま終わるのは名残惜《なごりお》しい。でも、それと同時に期待もしている。

この犀を倒《たお》した後、僕は――

「ッはぁッ」

自由落下をしながら犀の下へと迫《せま》る。

この後の展開を想像すると、笑みが止まらない。

僕は右の拳を握る。この上なく強く握る。

限界まで拳を引き、力を溜め、

「――ツッツ!!!!」

犀の背部へ、躊躇《ちゅうちょ》なく、その拳を振り下ろした。

「~~~~~~~!?!!?!?!」

犀が声にもならない悲鳴を上げる。

と、次の瞬間には、背部に生えている岩が砕け、背骨が曲がり、折れて、衝撃に耐えきれなくなった下腹部の皮膚《ひふ》が破けると同時に、大量の血液と内蔵が飛散する。

衝撃は犀を貫通して地面まで伝えられて、犀よりも柔《やわ》い地面ではこの衝撃に耐えきれず、大地は割れ、石は舞い上がり、砂埃《すなぼこり》はあちこちから吹き上がった。

強烈《きょうれつ》な破壊《はかい》の波はすぐに辺りへと伝えられて、地面はヒビ割れることしかできず、その傷を隠《かく》すが如く、砂煙《すなけむり》が四方八方へと敷《し》かれていく。。

最後に、非常識な攻撃がこの場より発生したことを伝えるように、一瞬遅《いっしゅんおく》れて、強風が周りへと走っていった。


白い煙《けむり》が舞う中、僕は犀の近くで立っていた。

犀はもう動かない。力なく倒れている。

今も、砕かれた背中の岩、お腹からも血が流れており、ここら一体に血の池を作り出していた。

犀は口からも血を吐《は》き出しており、先程まで怒《いか》りの業火《ごうか》を宿らせていた瞳《ひとみ》には、もう光が無い。

再生する様子も無し。完全な決着だった。

「……」

これで……終わり？

僕の、勝利……？

圧倒的強者が、この弱者《ぼく》の手によって……沈んだ？

……本当に？

「……ふふ……ふふふ」

勝った……勝ったんだ、勝ったぞっ。

僕が、勝ったんだ……！

この扉にッ、僕は……勝利した！

「ふふふふふふ」

どこまでもつまらなそうにこちらを見ていた扉にッ、あれほど凶悪《きょうあく》な攻撃を続けてきた扉にッ、何度も何度も変化して、その度に僕を追い詰めてきたあの扉にッ！

僕はぁ！

勝利した。

「はははははは!!!!」

笑いが止まらない。

背筋より上ってくる刺激が心地好《ここちよ》い。

喉《のど》の奥底《おくそこ》から、まるで熱が込《こ》み上げてくるような感覚さえある。

これだぁ……！　これを求めていた！

この愛《いと》おしい気持ち悪さぁ……これこそッ、僕が生きている証！

素晴《すば》らしい！　素晴らしい！　す　ば　ら　し　い!!

ははは！　素晴らしい!!

「は　は　は　は　は　は　は　は　は」

あぁ……最高だぁ。

□□□

――屈止無が岩犀との戦闘を終えた頃《ころ》。

あらゆる猛獣《もうじゅう》が闊歩《かっぽ》するこの場所には似つかわしくない、矮小《わいしょう》な存在が森の中を歩いていた。

数は四人。そのどれもが人間だ。

四人共、色褪《いろあ》せた茶色いローブを羽織《はお》っている。

男女比は二対二。ローブの中の装《よそお》いが違《ちが》うため、それぞれが四人の中で別々の役割りを担《にな》っていると推測できる。

きちんと隊列を成し、動きに迷いが無いことから、彼《かれ》らは一緒《いっしょ》に行動するようになってから長いのであろう。

そんな彼らだが、どうも様子がおかしい。

「ど、どうすんのよ……これ。ここ、明らかに……」

「分かってるッ。でも、どうするって言ったって……やることなんて一つしかないだろッ」

ここは魔獣《まじゅう》と呼ばれる猛獣がうじゃうじゃと生息している森。

ここにいるということは、彼らはそれを理解して足を踏み入れている筈だ。

その筈なのに、彼らは、四人共怯《おび》えていた。

まるで、この森に入ることを望んでいなかったように。

「とりあえず……進むんだッ」

リーダーらしき男が発破をかけ、四人は森の中を進み続けるのであった。

# 2章　果ての魔獣：弱者の希望

## 1　四人の冒険者

あれから十数分が経《た》ち——

「そろそろ行こうかな……」

心が大分《だいぶ》落ち着いたため、別の場所へ移ろうと移動を始める。

今僕がいる一帯は焼け野原だ。見渡《みわた》す限り何も無い。

何をするにしても、一先《ひとま》ず、森の中まで戻《もど》らないと……。

僕は森に向けて真《ま》っ直《す》ぐ進む。

結局……犀《サイ》を倒した後も、リスが現れることはなかった。いつもだったら、頃合《ころあ》いを見《み》計《はか》らって、木の実と共に姿を現していた筈《ハズ》なのに。

……まぁ、現れないものは仕方がないか。元々、なんでついてくるのか分からない存在だったし。

それにしても……あの犀の攻撃範囲《こうげきはんい》、本当にえげつなかったなぁ。これは、しばらく歩かないと森に戻れそうにないぞ。

目の前に広がる焦土《しょうど》を見て、改めて犀の凄《すご》さを実感する。

それに、犀が殺《や》られて時間が経ったのに、この焦土には未だ動物達が足を踏み入れた様子が無い。

いくら地球の動物達とは生態が違うとはいえ、流石《さすが》にこの森の動物達も、草木が一つ残らず焼かれたこの焦土には足を踏み入れたくないのだろう。

単純に、犀の攻撃に巻き込まれるのを恐《おそ》れて入ってこなかった、という理由もあるかもしれない。そういえば、あの岩犀が佇《たたず》んでいたエリア近くでは他の動物には遭遇《そうぐう》しなかった。あの犀は、この森の中でも別格の存在だったのかもしれないなぁ。リスも、あの地に入った瞬間に隠れちゃったし。

と、そんなことを考えながらも、しばらく森に向けて進んでいくと――――やっと荒野《こうや》の終わりが見えてきた。

よし、今度は不意打ちを食らわないようにするぞ。

猿《さる》を倒した時のことを思い出し、今度こそは、あの存在感を全く感じない敵も殴《なぐ》り倒そうと心に決めた――――所で、

「……あれ？」

少し気になるものを見つけた。

「これ……」

生き物の死体……それも、かなり小柄《こがら》の。元の状態でも、僕《ぼく》の膝《ひざ》ぐらいしかなかったと思う。あの犀の熱攻撃の余波によって上半身は黒炭になっており、下半身に関しては炭と化した体が砕けてほとんど無くなっている。

この生き物の形……知ってる。というか、つい最近までずっと見ていたものだ。

「そっか……巻《ま》き込まれてたんだね……」

道理で、戦闘が終わった後も現れなかった訳だ。

僕と数日、共に森を探索《たんさく》したリス。攻撃を避けられず、ここで死んでしまったんだ。

勿論《もちろん》、他のリスという可能性もあるけど……あれから一向に僕の下に姿を現さないことから、この死体がそうなんだろうと思う。

そっか……ここで死んじゃってたんだね、君。

「……」

僕は少しの間、リスだったものの体を眺《なが》める。

まぁ、死んじゃったものは仕方ないよね。

僕は気にせず森の中に戻ることにした。

と、森の中に戻ろう――と、した所で、

「！」

僕はあるものを見つけた。

圧倒的高温により焼かれた大地。あの温度だ、地面の中にあった根や種すら一つ残らず焼き尽《つ》くされたことだろう。

なのに――焼かれて一日も経過していない――にも関わらず、焦土と化した地面から、再び緑を再生せんと咲《さ》く、植物の芽を見つけた。

□□□

森の中を歩く。

この森では、いつ、どこから獣《けもの》が出てくるか分からない。だから、警戒《けいかい》は怠《おこた》らない。

というか、不意打ちしてきてくれないかな？

犀と戦ったばかりだというのに、もう戦いを渇望《かつぼう》している。不意打ちしてくる相手でもいい。早く戦いたい。

次はどんな獣に会えるか、楽しみで仕方がない。

そんなことを考えながら、森を歩いていた——その時だった。

「うあああぁぁぁぁぁああ!!!!」

森の奥《おく》から、誰かの悲鳴が聞こえてきた。

男の人の声？　こんな森の中に人が居る？

そんなことを考えるよりも先に体が動いていた。

歩行から走行へ。動きを切り替《か》え、悲鳴のした方へと走り出す。

岩犀の戦いの時に認識《にんしき》したけど、今の僕が出せる速度はアスリートのそれを軽く超えている。音速すら超えているのだろう、体が覚える感覚と走行中の無音がそれを証明している。

目的地まではほぼ一瞬だった。僕は悲鳴を上げた声の主の下へと辿《たど》り着く。

その場にいたのは四人と一匹《ぴき》。

四人中三人はその場で腰《こし》を抜《ぬ》かしており、残り一人はうつ伏《ぶ》せに倒れている。倒れている男の背中には獣が乗っており、そいつのせいで身動きが取れない様子だった。声の主は、この倒れている男かな？

悲鳴とは、「助けて欲しい」というサインである。ここまで来たのに、それを無視する理由は無い。

状況《じょうきょう》と男の表情から察するに、男の上に乗っている獣は、男からしたら『命を奪《うば》おうとしてくる敵』で間違《まちが》いない、かな? まぁ、獣は明らかに爪を向けてるし、そうなんだろう。

そしたら、僕のするべきことは一つ。

僕はこの場に駆《か》けつけた勢いを殺さず、そのまま男の上に乗っている獣――――ナマケモノのような風貌《ふうぼう》をしたソイツに蹴《け》りを放とうとする。

突如《とつじょ》として姿を現した僕に反応できたのは、獣だけだった。獣は長い爪を男から離し、表情を強張《こわば》らせながら、僕を裂《さ》こうと爪を振《ふ》るう準備をする。

流石はこの森にいる獣だ。音速以上の速度で駆けつけた僕に反応して、瞬時《しゅんじ》に攻撃《こうげき》に転じるなんて。

でも、今回僕が行ったのは奇襲《きしゅう》。意識外からの一手。

すぐに反応できたとはいえ、ほんの一瞬、コンマ数秒にしか満たない間だが、獣は反応が遅《おく》れた。

反応が遅れたが故に、先手は僕だ。

僕の足の甲《こう》が、獣の爪よりも先に、獣の頭部へとぶつかる。獣の肉の感触《かんしょく》がダイレクトに伝わってくる――――が、構わず、僕はそのまま足を振り切った。

その結果、獣の頭部はほとんど抵抗《ていこう》することができずに、破裂することになった。

圧倒的速度によって振り抜かれたことで、吹《ふ》き飛ぶどころか破裂。頭部どころか首まで巻き込んで、獣にとって重要な器官が粉々に吹き飛んだ。

しかも、振り抜いた勢いは獣を殺しただけでは止まらず、そのまま奥の木々や草花をも吹き飛ばし、しばらく直進。衝撃が通った道を指し示すかのように、けっこうな量の砂埃が立ち昇《のぼ》った。


獣が死んだのを確認《かくにん》して、近くにいる四人の方に振り向く。

さっきまでは、獣に対して恐怖《きょうふ》を感じて顔が引き攣《つ》っていたけど、今は四人共、何が起こったのか分からなくて頭が追いついていないのか、呆《ほう》けた顔をしている。

一人、獣によって押《お》し倒され、怪我《けが》を負っているようだったので、とりあえず、その人の下へ行き、心配をしておく。

「大丈夫《だいじょうぶ》？」

しかし、そう声をかけるも、横たわった男の人は最初、返事をしてくれなかった。というか、脳が正常に働いてない感じ？

少し間を置いた所で、やっと話しかけられたことを認識できたのか、男の人はやや慌《あわ》てて。

「あ、あぁッ、大丈夫だ……ありがとう」

「うん」

あのナマケモノにのしかかられたみたいだったから一応心配したけど、どうやら大丈夫みたいだ。

それなら、もう何も心配することは無いかな。

と、そうやって男の人の状態を確認した後――

「――ッ！」

「――ッッ」

「――!!」

三者三様、さっきまで腰を抜かしていた三人が一斉《いっせい》に立ち上がり、三人共それぞれの反応をしながら武器を構えてきた。

「お、おまッ――、ッ、お前らッ、何を……!?」

横たわる男の人が、自分の仲間（？）に声をかける。でも、体に痛む箇所があるようで、随分《ずいぶん》とつらそうだ。まぁ、口から血を流してるし、痛めてない方がおかしいか。

「う、うっさい！ アンタも見たでしょ!? この男の異常な強さを!! こいつは人間じゃない！　魔獣よ!!」

男の言葉に、三人の内の一人が反応する。

女性だ。ローブを身に付け、そのローブに付いているフードで頭まで覆《おお》っているのに、ローブの中は軽装で、違和感《いわかん》を感じる。

袖《そで》は長いのに丈《たけ》は短い麻《あさ》の白布の上に、革製《かわせい》の胸当て、下は深緑のショートパンツで、手には黒い手袋《てぶくろ》、そして、これまた黒いブーツを……いや、ブーツじゃないな。ブーツのように膝上《ひざうえ》まであるけど、ブーツのような余裕が無い。タイツみたいな感じでピチッとしている。

明らかに、身を守るには頼《たよ》りない装備。臍《ヘソ》や太ももはカバーできてないし。隠密《おんみつ》や素早《すばや》い行動をするには向いてそうな装備ではあるけど。

つり目がちで、ブラウンの髪《かみ》もショートカットにしているせいか男勝《おとこまさ》りな印象を受ける。髪が所々跳《は》ねていたり、髪の流れを揃《そろ》えていなかったりと、髪の手入れを怠っているのが見える所も、その印象を強める一つの要素になってるのかも。

この女の人が「マジュー（？）」という言葉を用いたことで、僕のすぐ側で横たわっている男の人が、見るからに困惑《こんわく》する。

「ま、魔獣？　でも、この人は俺達《おれたち》を助けてくれて……」

「こんな危険な森で人助けですって⁉　そんなこと、人間に可能だと思う⁉　ここはどんな人間でも――――それこそ、剣聖様でも逃《に》げ出すような場所よ‼　人助けなんて酔狂《すいきょう》なこと、同じ魔獣じゃないと不可能よ‼」

「し、しかし――――」

「それに、この森を、装備も着けずに彷徨《うろつ》いていることもおかしいわ！　忘れたの⁉　この森は、歴史に残るような英雄豪傑《えいゆうごうけつ》が、十全な準備をして挑《いど》んでも攻略できなかった場所！　こんな場所に装備も無く彷徨くなんて、それこそ自殺志願者でもなければありえないわ‼　そんな自殺志願者が、私達《たち》を助けると思う⁉」

「ッ……」

「ソイツは魔獣よ！　人間の姿で私達を惑《まど》わそうとしてるに違いないわ‼　絶対に騙《だま》されてなんかやらないんだから！」

　女の人が敵意剥《む》き出しでこちらを睨《にら》んでくる。

　そんな言われるほど、何かした覚えは無いんだけどなぁ……。

「僕、人間だけど」

「うるさい！」

　一応、訂正《ていせい》は入れてみたけど、やっぱり聴《き》く気は無し。僕は思わず苦笑いして首を傾《かし》げてしまう。

なんでそんな頑《かたく》なに僕のことを人外扱《あつか》いするかな……まぁいいけど。

えっと……何か相手に不都合なことをした訳でもないし、悲鳴を聞いてちゃんと助けにも来た。……うん、これ以上ここにいる必要は無いかな。面倒《めんどう》になる前に、さっさとここから去ろう。

あ、そうだ、

「まぁ、それはいいんだけどさ、この人の怪我の具合、ちゃんと見といた方がいいよ」

一応、僕の目の前で横たわっている男の人の状態について、彼のお仲間らしき人に伝えておく。

よく見れば分かるけど、男の人が横たわっている地面、ヒビ割れてる。あの獣に、相当な力で押さえつけられた証拠《しょうこ》だ。

かなり痛む筈だ。骨にもヒビが入ってるかも……最悪折れてる。流石に、このまま放置していい怪我ではない。

近くに病院なんて無さそうだし、何か応急処置など知っている人が居るなら、すぐに行った方が良い。

僕が横たわっている男の人を気にかけるよう言うと、武器を構えている三人の内、さっき喋《しゃべ》っていた軽装の人とはまた違う女の人がハッと何かに気がついたような顔をした。

「今更《いまさら》何を言われた所で、警戒を緩《ゆる》めたりなんか――――」

「それじゃあ、僕はここで」

また軽装の人が何か言っていたけど、僕はそれを聴かずに彼女《かのじょ》らに背を向ける。

本当は、人の話は最後まで聴いた方が良いんだけど、どうやら彼女は僕を危険視している様子。話を丁寧《ていねい》に聴いていたら、途中《とちゅう》で攻撃をされる気がする。ここまで思考をロックする人は、何してくるか本当に読めないからな～。

面倒はごめんだ。

幸い、僕が背を向けてからは何も言ってこない。よし、何も言ってこないなら、このまま一気にここを離れて――――


「待ってくれぇ!!」


………え。

急に後ろから「待て」の声が聞こえてきたので、僕は立ち止まる。

後ろを向くと、地面に横たわっている男の人がケホケホと軽く血を吐き出していた。いつの間にか男の人の横にやって来ていた女の人（さっきまで叫《さけ》んでいた女の人とは別）がその様子を見てアワアワしている。

「ッ、待ってくれ……頼《たの》むッ……」

「あ、うん……」

男の人に「待ってくれ」と言われたので、僕はその場に止まる。

あんな無茶《むちゃ》をして大丈夫だろうか？

「ちょっ、アガト！　アンタ何してんの⁉　自分が何を呼び寄せようとしてるのか、本当に分かってる⁉」

軽装の人がまた騒《さわ》ぎ始める。

「せっかくあの魔獣が自分からここを去ろうとしてたのに……！　なんでそれを引き止めるような真似《まね》なんか！　これでまた私達は――」

「テンチ！　少し黙《だま》れ‼」

ただ、さっきとは違い、騒ぎ出した軽装の人――テンチさんの言葉を、横たわっている人――アガトさんが遮《さえぎ》った。

ただ、また大声を出したことで、アガトさんは咳《せき》と共に何度も血を吐いている。

アガトさんは、咳が落ち着いた瞬間《しゅんかん》、テンチさんの方に目を向けた。その目には、しっかりとした意思が込められている。

「いいかテンチ！　お前がなんと言おうと……例えあの人の正体が本当に『魔獣』だったとしてもッ、コホッ……俺《おれ》にとって、恩人であることに変わりは無い！　俺には！　恩人をそのまま追い返すなんて真似はッ……ッ、絶対にできない!!」

何度も血を吐きながら、アガトさんは自分の思いをテンチさんに伝えていく。

おいおい……死んじゃうぞ、あの人。

「お、落ち着いてください！　アガトさ――」

「それにだ！　もし、お前の言う通り、あの人が魔獣だったとしたら……ッ、それこそ、この問答に意味なんてないだろ！　お前もあの人の強さを見ただろ⁉　あの人がその気になったら、俺達なんてすぐ殺せる……あの人からしたら、俺達なんて吹けば飛ぶ虫でしかないんだ！　本当にあの人が魔獣なら、今こうやって俺達が無事でいること自体、おかしいだろ!!」

アガトさんの言葉により、テンチさんは押し黙る。さっきまで騒いでいた彼女も、今のアガトさんの言《げん》には反論できないようだった。

いや、しないけどね。人殺しなんて、そんな面倒なこと。言葉にしたら場がこじれそうだから、口にはしないけど。

僕はアガトさんの方を見る。

アガトさんの体は、今、黄色の淡《あわ》い光に覆われていた。

先程、アガトさんの横に来た女の人は、アガトさんに落ち着くよう言い宥《なだ》めるのに失敗していた。それからだ、あの光が見えるようになったのは。女の人は「もうどうにでもなれ！」と言うような感じで両目を瞑《つむ》り、持っている杖《つえ》をアガトさんの近くに突《つ》き出している。その杖の先端《せんたん》から、黄色の光が出ているように見えなくもない。あの光、一体なんなんだろう？

と、そんなことを考えていたら、アガトさんがまた僕の方を向いて。

「すみません……せっかく、助けていただいたのにッ……」

「ううん、大丈夫、気にしてないから」

アガトさんが謝罪をしてきた。なので、とりあえず無難《ぶなん》な返しをしておく。

僕の返答を聴いたアガトさんは、その後、押し黙り、顔を伏《ふ》せる。本当は言いたいことがあるけど、それを言っていいのか迷ってる感じだ。

なんだろ？　これ以上に何かあるのかな？

そうやって、沈黙《ちんもく》のまま、少し時間が流れた――所で、アガトさんが顔を勢いよく上げた。

「あ、あの！　――――ッッ」

またけっこうな大声だな。そのせいで体が痛んだのか、また苦しそうに蹲《うずくま》ってる。……何してるんだろ？

「そ、その……ッ、こんなことを言うのは……迷惑《めいわく》かも、しれないんですけど……」

「……？」

「そ、その！　俺達のッ、護衛をしてくれませんか!!」

「はぁ!?」

アガトさんの頼みに、そうやって返事をしたのは――――テンチさんだった。

「ちょっ、アガト！　アンタ何考えてるの!?」

「どちらにせよっ、俺達だけで、この森を生き残るのは不可能だッ。なら、駄目元《だめもと》でもッ……この人に護衛を頼んだ方が、まだ希望があるッ」

「でも――――」

「頼む！　礼なら、帰った後でいくらでもする！　俺達に、できることならッ……ッ、なんだってする!!　だから――――」

アガトさんがテンチさんの反論も聴かずに僕へ依頼《いらい》をしてくる。

護衛……護衛かぁ。それって、この人達を守れってことだよね？　しっかりと彼らに付いて、命の安全を保証しろってことだよね？

「……………」

なら──あそこにいる獣からも守らないと駄目《だめ》だよね？


僕は、アガトさんに返事をする前に、走り出していた。

返事をしてからじゃ間に合わない、そう感じたから。

一気に地面を踏《ふ》み砕《くだ》き、その反動で初速を上げ──テンチさんの後ろの木に貼《は》り付き、ベロを伸《の》ばしている獣へ直進していく。

あの獣は、今、まさに、彼女の命を奪おうとしている。あのベロでテンチさんの体を貫《つらぬ》き、彼女の命を奪おうとしている。

獣のベロは異様に速かった。あと一秒動くのが遅《おそ》かったら、間違いなくテンチさんの心臓を貫き、抉《えぐ》り出していただろう。音速を超《こ》えたベロの刺突《しとつ》、それがあの獣の武器。

ベロだけでも十分凄いと感じるけど……でも、もっと凄いと感じるものがあった。そこに居ることは分かっているのに、未《いま》だに口とベロしか視認《しにん》できないその存在感の無さだ。

そう、そこにいる。それは間違いない。なのに、見えないのだ。

あれ……この感じ、どっかであったな。どこだっけ？　確か……あぁそうだ、猿を殺した時だ。猿を殺して、油断していた時に殺《や》られたあれだ。簡単に心臓を盗《と》られたあの時のあれ。

そうか――――こいつか。

僕はベロを掴《つか》む。ベロが吐き出されてからコンマ一秒にも満たない時間で、獣の下《もと》まで距離《きょり》を詰《つ》めて、ベロを掴む。細く滑《なめ》らかなベロを、滑《すべ》らさせず、確かな握力《あくりょく》で掴む。

そして、獣がベロを伸ばすよりも速くベロを引っ張り、獣の胴体《どうたい》をこちらに引き寄せた。

僕により、貼り付いていた樹木から剥《は》がされ、引きずり下ろされる獣。そこで、初めて獣が姿を見せる。

獣の正体はカメレオンだった。

――――関係ない。

僕はカメレオンの胴体に向かって、左の拳《こぶし》を叩《たた》きつけた。

僕の拳は簡単にカメレオンの胴体を突き破《やぶ》り、そのまま地面にまで衝突《しょうとつ》する。それで、攻撃の勢いが地面へと伝わり、衝撃《しょうげき》に耐《た》えられなかった大地はそのままヒビ割れて――――

大地にぶつかっても発散されきれなかった勢いが、カメレオンの体諸共《もろとも》、近くにあるもの全てを吹き飛ばす強い衝撃波《しょうげきは》となる。周りにあった草花を・そこらに落ちていた岩々を・

カメレオンだった肉片《にくへん》すらも、全て吹き飛ばし、辺りへ広がっていく。

アガトさんとその隣《となり》にいる女性は少し距離があったため、衝撃波に吹き飛ばされないように堪《た》えられていたが、近くにいたテンチさんともう一人の男性は堪えられず、少し吹き飛ばされていた。

あまりに強い衝撃を加えられた地盤《じばん》は、僕を中心にけっこうな範囲《はんい》が崩壊《ほうかい》し、辺りにあった木々は大地という名の支えを失ったことで、いくつも転倒《てんとう》を起こしていた。

あっという間に、僕の周りは荒地《あれち》のような環境《かんきょう》へと一変していた。

「……」

僕の攻撃によって巻き上げられた砂煙が晴れていく。

僕は拳を叩きつけた後も地面に視線を注《そそ》いでいた。

カメレオンの胴体は跡形《あとかた》も無く吹っ飛んでいる。

僕が殺した。

あのカメレオンを……本来なら、姿を見ることすら叶《かな》わないあの暗殺者を——僕が殺した。

その事実に、思わず口角が上がってしまう。

そのまま、圧倒的強者《カメレオン》を殺したことによる愉悦《ゆえつ》に浸《ひた》りたい……んだけど、

『護衛をしてくれませんか？』

アガトさんの言葉を思い出す。

頼まれたのなら・話しかけられたのなら、ちゃんと返事をしないと。

「それで、護衛の話だったよね？」

僕は大地に着けたままだった拳を引き上げ、アガトさんの方へと視線を向ける。

「いいよ、引き受ける」

僕はいつも通りの笑みで、アガトさんの依頼を引き受けた。

そうやって承諾《しょうだく》の意を示してからも、少しの間、アガトさんから返事は来なかった。今の状況が呑《の》み込めていないのか呆けていた。

「……ハハ」

でも、少しして、ようやく事態を呑み込めたのか、乾《かわ》いた笑みを浮《う》かべて、

「異論あるやつ、いる？」

彼は仲間に対して問いを投げかけた。

それを受けた三人の仲間達は、皆《みな》同様に、凄い勢いで首を左右に振っていた。

□□□

「いつっ……ありがとな、リカ」

僕が護衛を引き受けた後、僕とアガトさん達は一箇所《かしょ》へ集まっていた。

あれから、アガトさんに護衛について簡単に話してもらったんだけど、それを纏《まと》めると、

『この森は危険な生物がウジャウジャいる。俺達だけでは生き残れない。だから、森を抜けるまで守って欲《ほ》しい』

ということだった。

特に問題が無かったので、僕はそれを了承《りょうしょう》。

今は、これから少しの間、一緒に動くということで、自己紹介《しょうかい》を受けていた所だ。

それと、とあることが終わるまで待っていた所でもある。

先程まで、獣に襲《おそ》いかかられたダメージで地面に突っ伏《ぷ》し、声を出すのもつらそうにしていたアガトさん。

それが、今では自力で立てるまでに回復している。

異常な光景だと思う。回復スピードが普通《ふつう》の比じゃない。

でも、アガトさん達はこの事態を普通に受け止めている。違和感すら抱《いだ》いていない。

おそらく、この世界では、これが普通なんだろう。

この異常を引き起こしたのは、明らかに、アガトさんに真っ先に駆け寄った女性――リカードさんだ。先程、アガトさんにリカという愛称《あいしょう》で呼ばれた女性。透《す》き通るような長い銀髪《ぎんぱつ》で、柔和《にゅうわ》な印象を与《あた》える垂《た》れ目《め》が特徴《とくちょう》の人だ。ローブの下には神官が着るような真っ白な法衣《ほうえ》を着ており……暑くないのかな？

あの人が、この異常を引き起こしたのは間違いない。

あの人が持つ、先端が丸まっている木の杖から出た光、それに身を包まれてから、明らかにアガトさんの顔色が変わった。

それでどうやってアガトさんを回復させたのかは分からないけど……現に今、アガトさんは回復して、リカードさんにお礼を言っている。あの光には何かしらの特別な作用があるんだろう。

まるで『魔法《まほう》』だ。

そのお礼を言われたリカードさんだが、何故《なぜ》か今、アガトさんに対して怒《おこ》っている。

「もう！ そんな急に立ち上がらないでください！ いつも言ってますが、私の治癒力《ちゆりょく》はそんなに高くないんです！ 今回だって、怪我する一歩手前の状態に戻しただけ！ 無茶したら、またすぐに傷が開いちゃうんですからね！」

「ははは、悪い悪い」

「ちゃんと反省してくださいー！」

ただ、怒ってはいるものの、テンチさんよりも圧が弱いせいで、アガトさんに軽く受け流されている。

多分、よくある会話なんだろうな。雰囲気《ふんいき》から、そんな感じがする。

そうやって、僕は彼《かれ》らのやり取りを眺めていたんだけど……会話の途中、彼らが僕の方に視線を向ける。すると、何故か気まずそうにこちらへ顔を向けてきた。

「あ、その……お待たせしました……」

「うん」

僕がそう言うと、さらに気まずそうにアガトさんは視線を逸《そ》らす。

「えっと……その……行きましょうかっ。ここにずっといるのもあれですし……」

「そうだね」

アガトさんの様子が気になるけど、普通に返事をしておく。

やっと森の外へ向かうのかな？

そう思って、僕はアガトさんの次の行動を待っていた……んだけど、

「……」

何故か、アガトさんは中々動かない。

あれ？　行くんじゃないの？

アガトさんの行動を不思議に思い、首を傾げる。

なんか、変な空気になってきた。

「……アンタ、護衛引き受けたんじゃないの？」

そこで、黙ってしまったアガトさんの代わりに、テンチさんが口を開く。

「引き受けたよ？」

「じゃあ先頭行きなさいよッ。アンタが前行って先導してくんないと、私達も先に進めないじゃないッ」

「あぁ」

なるほど、僕待ちだったのか。でも――

「僕、森の外がどっちか分かんないよ？」

それを聴いて、テンチさんは「ええ……」と言うような顔をする。

でも逆に、アガトさんの方は「合点《がてん》がいった」と言うような顔をして。

「あ、そうだったんですね。それじゃあ――」

アガトさんがもう一人の仲間に目配せをする。目配せされた男の人は相槌《あいづち》を打つと、懐《ふところ》をまさぐり出した。

確か、あの人は、ガリッスルって名前だったかな？　全体的に線が細く、虚弱《きょじゃく》な印象を受ける人。頬《ほお》は痩《や》せこけ、丸眼鏡をかけてる。前髪《まえがみ》を真ん中で二つに分け、おでこを露出《ろしゅつ》させているせいで、より顔が細長く感じる。服は麻の白シャツと、深緑のダボッとした長ズボン。他三人と比べると特徴が少ない人だ。さっきから、自分の名前を言う時以外、喋りもしない。

ガリッスルさんは懐から何かを取り出す。

……あれは……水晶《すいしょう》？　ガリッスルさんが取り出したのは、ギリギリ掌《てのひら》に収まるサイズの黄色い丸水晶だった。というか、あんな大きさの水晶、懐のどこに仕舞《しま》ってたんだろ？

「！」

水晶がゆっくりと輝《かがや》きを放ち始める。え、何？

水晶はある程度の光量にまで至ると、その光量を保ち続けるようになる。そして、

「――――」

急にある方向へ光を伸ばした。

細い光が一直線に伸びている。先に木々があろうと、先が真っ暗であろうと、構わず伸《の》び続けている。なんだ……？

「この先に街があります」

アガトさんが光の先を指差す。

「これは……？」

僕はこの光について質問してみる。

「あ、見たことありませんか？　魔道具の一種ですよ。この魔道具は対になっていて、片っぽが片っぽの在《あ》り処《か》を示すんです。もう一方は俺達の拠点《きょてん》に置いてあって、この光を辿れば、俺達の拠点に戻《もど》れるって訳です」

「へー」

場所を指し示す道具か。僕が元いた世界でも、コンパスという方角を指す道具があったけど、それより便利そうだ。

でも、コンパスは磁力を頼りに動くけど、これは何を原理に動いているんだろ？

「じゃあ、とりあえず、この光の方向に沿って進めばいいんだね？」

「ええそうです。では、よろしくお願いします」

アガトさんが僕に頭を下げる。

僕はそれに頷《うなず》いて、光が指す方へ進み始め――

「……………え？」

それは、誰《だれ》の声か。

後ろにいるアガトさん達四人の内、誰かが呆けた声を出す。

まぁ、そんな声を出すのも無理はないか。

だって今、目の前で、僕が殺されたのだから。

木の影《かげ》から、僕を殺した獣が、歪《いびつ》な笑みを浮かべて出てくる。

出てきたのは、異様に尻尾《しっぽ》が太くて長い狐《きつね》だった。

いや、尻尾がデカかったのは僕を殺す時だけで、殺した後は、ゆっくりと、普通の狐と変わらないサイズへと収縮している。

僕の上半身は、この狐の尾《お》によって潰《つぶ》された。削《けず》られたと言ってもいい。

この狐は、自分の尾を膨張《ぼうちょう》させながら、放物線を描《えが》いて僕に叩きつけてきた。

しかも、奴《やつ》の尻尾の毛一本一本は、それぞれ独立してノコギリのように動いていたので、僕の体は叩きつけられると同時に削られていた。

まぁ見事に、上半身は全てもってかれたね。

体毛が銀色の狐。その狐は、まるで「くくくッ」と笑うように左手を口まで持ってきている。

アガトさん達は声を発さない。いや、発せない。

恐《おそ》ろしかったんだろう、人を一撃《いちげき》で殺してしまえる獣が目の前にいることに。それか、あまりに唐突《とうとつ》なことに、頭が追いついていないか。

まぁ、アガトさん達の様子はいいとして……問題はこの獣だ。

やっぱり凄《すご》いな、この森にいる獣は。気を抜くとすぐに殺される。

こんなにも刺激《しげき》を与えてくれる生き物が、こんなにも沢山《たくさん》群生している。これが笑わずにいられるだろうか？

あぁ……良い。素晴《すば》らしい……素晴らしい！

僕《ぼく》は狐の横で再生を始める。

アガトさん達は、再生を始める僕を見て、さらに目を剥《む》いた。

再生が終わった瞬間、僕は狐に蹴りをお見舞《みま》いしてやる。

狐の体は、思いの外、柔《やわ》らかかった。

すぐに奴の体はくの字に曲がり、次の瞬間、肉が爆《は》ぜていた。

当然、僕の蹴りの勢いはそれだけで収まらず、狐を蹴ると同時に衝撃波が生まれ、後方の大地までをも抉っていく。狐の後ろにあった木々は倒《たお》され、草花は吹き飛び、岩々は粉々になっていた。

そこらの岩々と同様、狐の体も粉々に吹き飛んでいた。再生する様子も無し。駆除完了《くじょかんりょう》。

「よし、じゃあ行こうか」

僕は「もう大丈夫だ」と示すため、アガトさん達に笑みを向けた。

それを受け、アガトさんは、

「……ハハ」

また一人、乾いた笑いを口に出したのだった。

□□□

【アガト視点】

本来、俺達のパーティ（一緒《いっしょ》に仕事をする同業者、仲間の集まりのこと）は、【危険度ランク】Sという、こんな危険な森に足を踏み入れる気は無かった。踏み入れたいと考えたことすら無い。

俺達は平凡《へいぼん》な冒険者だ。魔獣《まじゅう》の討伐《とうばつ》から始まり、街の清掃《せいそう》や多種多様な仕事のお手伝いなど、依頼があればなんでも請《う》け負う、他の奴らとなんら変わりない冒険者。強くも弱くもない平凡な冒険者だ。

今日だって、魔獣の討伐をした後、有用な植物の採取をして、帰る予定だった。

なのに、今、俺達は危険な森にいて、命を危険に晒《さら》している。何故か？――分からない。全く分からない。

本当に分からないのだ。なんでこうなったのか、まるで分からない。知らない内にこの森へ移動していた、としか言いようがない。

今日、俺達は依頼を受け、この森と俺達が拠点にしている街に挟《はさ》まれている平原、そこに出現した魔獣を討伐しに来ていた。

魔獣は世界各地至る所に存在していて、例外はあるものの、基本、人間を襲う。だから、人が生きるには、魔獣を殺すしかない。

俺達も、何度も討伐依頼《とうばついらい》を受け、魔獣を殺してきた。冒険者だからな。

今回の駆除《くじょ》対象も、これまで倒してきた魔獣とそう大差ない魔獣だった。討伐もつつがなく行われ、依頼を完遂《かんすい》した。

――そこまでは良かった。ここまではいつも通りだったんだ。

ここからが違《ちが》った。

冒険者《ぼうけんしゃ》という職業上、依頼が無ければ稼《かせ》げないので、収入は不安定だ。俺達のように確かな実力も無い冒険者は、達成できる依頼も限られるから尚更《なおさら》。だから、普通《ふつう》冒険者は、討伐依頼の他に、採取依頼も一緒に受ける。

討伐に赴《おもむ》き、魔獣を駆除。その後、その魔獣がいた地点で生えている珍《めずら》しい草木等を取り、ギルドの窓口に納めることで、収入を増やす。

俺達もよくやる手法、今回もその形を取っていた――が、これが良くなかった。

最近、支出が多かったこともあり、より多く、ギルドが指定する草花を取って帰ろうとしたのだ。丁度、その指定の草花が群生している所を見つけて、それに目が眩《くら》んだ。そして、いつもより森に近付き過ぎてしまった。つまり、欲をかき過ぎてしまったのだ。

普通なら問題ない。この森に住む凶悪《きょうあく》な魔獣達《まじゅうたち》は、決して森の外には出てこないから。

理由は分かっていない。でも、この森の魔獣達は絶対に森の外へは出てこない。それは、歴史が証明している。

森にさえ入らなければ、近付いても大丈夫――な筈《ハズ》だった。

それでも、俺が森に近付こうとするのを、テンチやガリは止めたんだ。いつもと違うことをするのは危険だって、止めてくれた。にも関わらず、俺とリカはその言葉を聴かず、森に近付いてしまった。その結果がこれだ。

採取を強行しようとして、指定の草花が群生している地帯に足を踏み入れた――瞬間、よく分からない魔法陣が俺達の真下に出現。「なんだ⁉」と警戒《けいかい》した時にはすでに、俺達はこの森の中に転移していた。

意味が分からなかった。これじゃあまるで、神話に登場する超常《ちょうじょう》の御業《みわざ》・瞬間移動だ。そんな力、この世に存在する訳がない。

俺達に起こった出来事は何か、説明できない。でも、移動してしまったのは事実。ならば、そんな思考は無意味だと、すぐに気付くべきだった。

森に移動したと自覚した瞬間、俺は何が起きたのか仲間に確認《かくにん》を取ろうとした。だが、そうやって動き始めた時にはすでに、俺達は悪魔《あくま》に見つかっていた。

唐突に、俺の背中は強烈《きょうれつ》な衝撃に襲われる。そして、それによって横たわった俺の体に、一匹《ぴき》の魔獣がのしかかった。

見た目にそこまでの歪《いびつ》さはない白い獣《けもの》。大きさも一メートル程度で、大した特徴もない。出会ったのがこの森でなければ、さして警戒もしなかっただろう相手。

だが、こいつは、この森に生息する魔獣だ。人間では敵《かな》わないと危険度Sを付けられた魔獣だ。

相手の力量を測る能力を持ち合わせていない俺達にでも分かるほど、俺の上に乗った魔獣は邪悪《じゃあく》なオーラを放っていた。

この獣に出会った瞬間から、俺達はただ恐怖《きょうふ》することしかできなかった。今まで感じたことない強大な圧。受ければ受けるほど気持ち悪くなる圧。刃《やいば》を眼前に突きつけられているような気分だった。

この獣に対して、俺達は何もできない――それがすぐに分かった。

獣が現れてから、俺の体の震《ふる》えは止まらなくなった。震えが大き過ぎて気持ち悪くすらなった。本能が、目の前の相手に恐怖しろ、と強く訴《うった》えかけてきていたのだ。

でも、そんな時に俺が感じていたことは――無だった。死ぬ間際《まぎわ》になれば、人は奥底《おくそこ》に眠《ねむ》った記憶《きおく》から助かる方法を探すために走馬灯を見ると言う。でも、そんなことはなかった。今、まさに死に瀕《ひん》しているというのに、俺の中に浮かんだのは――真っ黒な闇《やみ》だった。

あ、終わる――そんな言葉が浮かんだ――瞬間、また、俺達の状況《じょうきょう》は一変した。

俺達に絶対的な死を与える存在が、いきなりやってきた誰かに瞬殺された。

今度はなんだ⁉ ――そう叫びたかった。けど、起こった出来事がまたあまりにも現実離《ばな》れし過ぎていて、俺は声が出せなかった。

現れたのは、見た目こそ人間の男だった。その男はあまりにも非常識な力を持っていて、人間では絶対に勝てないとされる獣を、瞬殺してみせた。

見た目は人間だけど、人間じゃない？　テンチの言った通り、人間に化ける魔獣か？

――いや、そんなこと、関係ない。

この人しかいないと思った。この人に縋《すが》るしか、俺達《おれたち》が助かる方法は無いと思った。

気付いたら俺は、テンチの言うことも全て否定して、いきなり現れた救世主《おとこ》に護衛をお願いしていた。

衝動的《しょうどうてき》行動だった。独断専行、パーティのリーダーとしては有るまじき行動だった。

でも俺は、自分のした行動を後悔《こうかい》していない。間違《まちが》いではないと俺の直感が告げていたから。そして、それは――彼と共に森を歩き始めてからも、変わらなかった。

男――クシナさんは、いろんな意味で『異常』な人だった。その力は勿論《もちろん》、在り方も。

普通、あんな地形を変えるような力を溜《た》めも無しに放つことはできない。

俺が知ってる肉弾戦《にくだんせん》最強の冒険者でもあんな威力《いりょく》は出せないし、魔術戦最強の冒険者でも、あんな威力を出すには少なからず溜めがいる。クシナさんみたいにポンポンと放つことはできない。

あんな非常識な速さで動いて、あんな非常識な力を放つなど、人間にはできないのだ。

そもそも、この森にいる魔獣達はあらゆる事象に対して強力な耐性《たいせい》があると言われている。火に触《ふ》れれば火傷《やけど》をして、雷《かみなり》に撃《う》たれれば感電する――そういった現象が、非常に起こりづらくなっているのだ。それすらも貫通《かんつう》する異常な攻撃力《こうげきりょく》。異質――その一言に尽《つ》きる。

でも、この人の本当に恐ろしい所はそこじゃない。この人の恐ろしい所は、あんな力を有しているにも関わらず、回復能力もずば抜《ぬ》けているという所だ。最早《もはや》、あれは回復などという生易《なまやさ》しいものではない――蘇生《そせい》だ。

この人は、どんな傷でも、それこそ、致命傷《ちめいしょう》だったとしても、たちまち再生してしまう。マテン（地球で言う所の狐）に上半身を持っていかれた時も、キリマ（地球で言う所のイタチ）に細切れにされた時も、ドゥーエ（地球で言う所の蛇《へび》）から強力な毒を受けた時でさえ、あの人は再生して、嬉々《きき》として獣に向かっていった。

そう、嬉々として、だ。あの人は、力もおかしいが、感性もおかしい。

痛みをまるで恐れていないのだ。あの人は、獣の接近や攻撃《こうげき》に誰よりも早く気付くのに、自分に関する攻撃には無頓着《むとんちゃく》。わざと受けている節《ふし》さえある。

人間として破綻《はたん》している。人間では有せない力を持っていて、普通では考えられない行動を取る。世間では魔獣のことを化け物と呼ぶが、俺はこの人にこそ『バケモノ』という言葉が相応《ふさわ》しいと思う。

どうして、こんなバケモノみたいな人が俺達を守ってくれるのか分からない。あの人は、俺達に対する獣の攻撃にはいち早く反応し、獣の攻撃を受け止め、獣を俺達の視界から排《はい》除《じょ》してくれる。たとえ、それによって体が欠損しようとも、彼は変わらず俺達を守ってくれた。でも、何故、そこまでしてくれるか分からない。

怖《こわ》いと思った。その力も、在り方も。

だが、それと同時に、同じ男として、少し……憧《あこが》れた。

□□□

あれからけっこう森の中を進み、日も暮れてきたので、僕達《ぼくたち》は野営《やえい》の準備を終えていた。と言っても、野営の準備をしてくれたのはアガトさん達で、僕は何もしてないけど。

森の中にしては少し開けている場所、そこに僕達は半円状に並んで腰《こし》を下ろしている。

僕達のすぐ近くには黄色いテントが張られていて、焚《た》かれた火は僕達に囲まれている。

こうやって野営の準備ができたのも、全てガリッスルさんのおかげだ。

ガリッスルさんが懐から、明らかに収まりきらない大きさのテントを取り出し、また、集めた枝に、自身が持つ杖の先端から種火を出して、火をつけてくれた。火を出す前、何かブツブツと呟《つぶや》いていたけど、あれはなんだったんだろ？

というか、それ以上に、水晶の時も思ったけど、ガリッスルさんの懐の中、どうなっているんだろ？　このテントとか、懐に入れて持っていくには無理な大きさだし。

本当《ホント》、この人達に出会ってから不思議なことばかりだ。

僕は今、アガトさんから渡《わた》された携帯《けいたい》食料の干《ほ》し肉《にく》を齧《かじ》っている。ちなみに、これもガリッスルさんが相当数出して渡した物だったりする。

今は、皆で座《すわ》って夜食を終えようとしている、のだけれど……肉を食べ始めてからというもの、誰一人《だれひとり》として口を開こうとしない。やけに重苦しい雰囲気が流れてる。

アガトさんはぎこちない笑みを浮かべてるだけ。リカードさんとガリッスルさんはどこか緊張《きんちょう》してる感じ。獣の襲撃《しゅうげき》を気にしてるのかな？

「ねぇ」

そうやって誰も喋《しゃべ》ろうとしない場の中で、ただ一人、テンチさんだけは違った。

こちらに鋭《するど》い視線を向けて、口を開く。

「なんか着なよ」

「え？」

僕の姿を見てそう言ってきたので、僕は自分の体に視線を向けてみる。

「……………あぁ！」

そういうことか。

なんというか……特に気にしてなかった。

僕、全裸《ぜんら》だ。

最初の方はリスが勝手に持ってきてくれてたから気にしてたものの、リスと離《はな》れてからは完全に頭の中から消えてた。

もしかして、重苦しい空気だったの、僕が全裸だったことも関係してる？　突っ込《こ》んでいいか分からず迷っていたから、ずっと黙《だま》ってたとか？

もうちょい、自分の格好に配慮《はいりょ》しとくべきだったかもなぁ。

まぁでも、

「着替《きが》え持ってなくて」

見ての通り、そんな物は持ってないから、隠《かく》しようは無いんだけどね。

「はぁ⁉」

テンチさんが酷《ひど》く驚《おどろ》いた声を上げる。信じられないといった感じだ。

そんな顔で見られても困る。そもそも、何も持たされず、一方的にここへ送られた訳だし。僕じゃあどうしようもできない。

「が、ガリ、ローブの替《か》え、けっこうあったよな？　それ一枚出してくれ」

僕の返事を聴《き》いて、アガトさんは動揺《どうよう》しながらも、ガリッスルさんにローブを出すよう指示している。

ガリッスルさんも、最初は僕の返答に驚いていた。ただ、その後の様子がおかしい。眼鏡を一度、右の中指で押《お》し上げると、さっきまでの緊張が嘘《うそ》のように、何故かこちらに興《きょう》味津々《しんしん》な視線を送ってきた。

「……………ガリ？」

もう一度、アガトさんがガリッスルさんに話しかける。しかし、ガリッスルさんは返事をせず。

「そ、それは……つまり、ッ、その肉体美を、他人にも見て欲しい、ということですかな？」

「え」

ガリッスルさんが、喋った。この人、喋るんだ。

というか、訊《き》いてくる内容、おかしくない？　え？　妙《みょう》に頬が赤いし、鼻息も荒《あら》いし……え？

アガトさんも、横で戸惑《とまど》い、固まってる。

テンチさんは、ガリッスルさんに、軽蔑《けいべつ》と「信じられない」という気持ちが入り交じったような顔を向け、厳しい視線を送っている。

ん？ あれ？ リカードさんは……？

「アンタ……この状況でもって……」

テンチさんが少し後退《あとずさ》っている。余《よ》っ程《ぽど》、引いてるみたい。

アガトさんなんか、驚きで固まったままだ。

「ちょっ、リカぁ。何アンタまで固まってんのよ。いつもみたく叱《しか》りなさいよ」

「……へっ⁉」

テンチさんがリカードさんに話を振《ふ》る。

でも、リカードさんがテンチさんの言葉に反応するまで少しの間があって。

そこから、リカードさんは慌《あわ》てて顔を上げ、テンチさんの方を向いた。何故か、妙に顔が赤い。

「…………アンタ、まさか……」

「い、いいいいぃやッ違いますよ！ こ、こここれはぁ！ ……あぁいや違わない――と にかくぅ！ 同性のガリッスルさんが興味を持つのはおかしいことですがぁ！ 異性の私が男の人の体に興味を持つことはぁ！　全然おかしなことではないと思います‼」

リカードさんは顔を真っ赤にしながら、開き直って、そんな主張をし出す。

その様子に、またテンチさんは引いており。

改めて今の状況を把握《はあく》したテンチさんが、仲間に対して呆《あき》れ、溜め息《いき》を吐《つ》く。

「アンタ達ねぇ……そいつが本当に信頼《しんらい》できる人間か分かってないのよ？　分かってる？」

そのテンチさんの指摘《してき》に対し、いつの間にか僕のすぐ横まで移動してきたガリッスルさんが、

「こんな素晴らしい肉体を持つ人間がッ、悪人な訳ないでござる‼」

というよく分からない反論をし出す。というか、ござる？

「筋骨隆々《りゅうりゅう》な魔獣なら他にも沢山いるでしょうが‼」

ガリッスルさんの反論を、テンチさんはあっさりと否定する。

「そうです！　クシナさんは私達の命を何度も救ってくださいました！　そんな方《かた》が、悪い人な筈ありません！」

「そんな簡単に善《よ》し悪《あ》しが分かったら誰も苦労しないわ！　その信じやすい性格ッ、どうにかしなさいよ‼」

リカードさんまでガリッスルさんと同じ意見を言い始める。

それにより、テンチさんは心底呆れている様子だった。

が、そんなことなどお構いなく、ガリッスルさんは動き。

「二《に》の腕《うで》、触《さわ》ってもいいでござるか？」

「話を聴け！」

「いいよ」

「アンタも了承するな！」

「ふおぉぉおぉ～～～!!!!」

「あぁッッもう!!」

ガリッスルさんは僕の筋肉を触って感動したのか、奇声《きせい》を発し始める。

そんな僕達の様子を尻目《しりめ》に、テンチさんはツッコミ疲《つか》れたのか、息を切らしていた。

「…………ハッ」

アガトさんが、やっと正気に戻る。

すると、彼はすぐに慌てて。

「が、ガリ！　そんなことしてないで、早くクシナさんにローブを――」

「そんなこととはなんでござるか!!　アガト殿《どの》は筋肉への理解をもっと深めるべきでござる！　それとッ、こんな筋肉《たから》を服で隠すなど……言語道断でござる!!」

「いやお前何言ってんの⁉︎??」

とうとうアガトさんもツッコミに回る。

「いいから、早くローブを出してくれ」

「…………クシナ殿、ローブは必要でござるか?」

「いや、別に必要は無いかな」

「ほらぁ～」

「いや、『ほらぁ～』じゃないよ! きっと遠慮《えんりょ》してんだよ! 分かれよ!」

別に、遠慮とかで言った訳じゃないのだけど。

でも、アガトさんはそう解釈《かいしゃく》したみたいで、必死にガリッスルさんを説得している。

その結果、渋々《しぶしぶ》だが、ガリッスルさんは僕から手を離し、ローブの中をまさぐり始め、別のローブを取り出し、僕に渡してきた。

せっかくのご好意なので、素直《すなお》にそれを受け取り、羽織る。

「すみません、クシナさん……」

「――――? 全然大丈夫《だいじょうぶ》だよ?」

何に対しての謝罪かは分からなかったけど、とりあえず、そう返しておく。

「アンタねぇ……もうちょっと相手選びなさいよ。もしかしたら、殺されてたかもしれないのよ？」

「あの筋肉を見て黙っている方がどうかしてるでござる！」

「会って間もない相手の体を触りに行く方がどうかしてるわ！」

少し離れた所で、ガリッスルさんとテンチさんが揉《も》めている。

にも関わらず、アガトさんとリカードさんは特に気にする様子も無く、焚き火《び》を囲い、食事を再開し出す。

あぁいや、リカードさんだけは相変わらず顔を赤くさせ、こちらにチラチラと視線を向けては離してを繰《く》り返している。送る視線の先が、やけに下半身に集中しているのは気のせいだろうか？

干し肉を一口含《ふく》んだ後、アガトさんは一度溜《た》め息を吐いた。

「……クシナさんは、どうしてこの森に？」

すると、今度はアガトさんからこちらに声をかけてきた。

「え」

森にいる理由？

僕が疑問の声を返したことで、アガトさんは苦笑《くしょう》する。

「いやぁほら、こんな危険な森にいるぐらいだから、何か理由がある筈でしょ？　良かったら、訊かせてもらえませんか？」

アガトさんは丁寧《ていねい》に尋《たず》ねてくる。

どうやら、それなりの事情があって僕はここにいる、と思っているようだ。

……う～ん。

「分からない、かなぁ」

ここにいる理由――これが素直な感想だった。

「え？」

「いやさ、ここに来るまでの記憶が無くて」

「ええ⁉」

アガトさんが大きな声を上げる。

流石《さすが》に、地球でのことや女神《めがみ》様のことを話せば面倒《めんどう》になるのが目に見えていたので、僕は「記憶が無い」で通すことにした。まぁ実際、この世界での記憶はほとんど無い訳だし、どうしてこの森に飛ばされたかも分かってないから、あながち間違いではないんだけどね。

ただ、そう言ったら、酷く驚かれた。

「記憶が無い状態で、どうやってこの森で生きてきたんですか⁉??」

「それは多分、すきる？の力かなぁ」

確か、あの女神様は、僕に与える力のことをそう呼んでいた……ような気がする。

「スキル……ですか？　というか、スキルのことは覚えてたんですね」

「ぼんやりとだけどね～」

横でリカードさんが興味深そうに相槌を打っている。

「一体どんなスキルなんですか？」

「えっと確か……【超速再生《ちょうそくさいせい》】・【不老《ふろう》】・【根性《こんじょう》】だった気がする」

「えええええええええ⁉⁇」

「アガト！　うるさい！」

僕のスキルの名前を聴くと、アガトさんはさらに大きな声で驚いた。

あまりに大きすぎて、後ろでガリッスルさんに説教していたテンチさんに怒られてる。

「スキル三つ持ちって……一つでも珍しいのに」

あ、そうなんだ。

「しかも、持ってるスキルも、名前からして凄そうじゃないですか！　根性……は分からないですけど、超速再生と不老は絶対やばいでしょッ。すげぇなぁ」

アガトさんが僕の持っているスキルについて褒《ほ》めてくれる。

でも、これはあくまで貰《もら》いものだし、あんまり褒められてもなぁ。それに、

「でも、確か、超速再生には制限があった筈なんだよねぇ。再生できる回数が決まってた筈。それに、不老も、戦闘《せんとう》じゃ役に立たないしね」

そう、僕のスキルには制限が付いている。特に、【根性：不撓不屈《ふとうふくつ》】については発動できないとまで言われていた。でも、

「……」

その割に、今も普通《ふつう》に発動してるんだよなぁ。どういうことなんだろ？　まぁいっか。

「あ～、それもそっか。そんな強いスキルがなんの制限も無しに使える訳ないか」

「ま～、そだね～。結局は与えられた力だしね――」

「やっぱり！」

そこで、さっきまで静かに聴いていたリカードさんが声を上げた。

いきなり声を上げた彼女《かのじょ》に、僕達二人は驚く。

「……な、何がだよ、リカ」

「アガトさん！　やっぱりクシナさんは私達を助けるために遣《つか》わされた神様の眷属《けんぞく》だったんですよ！」

「……はぁ？」

なんか、リカードさんが凄いこと言い出した。

「いや、馬鹿言えよ。神の眷属なら俺達を殺す筈だろ?」

「違いますよアガトさん！ クシナさんは我らが主、生命の神が遣わした眷属なんです！」

……? この二人はなんの話をしてるんだろ?

「はぁ?? 一体何を根拠《こんきょ》に――」

「だってさっき、クシナさん、スキルを貰いものだと仰《おっしゃ》っていたではないですか！」

「……それがなんだって言うんだよ?」

「現代では、スキルを自分の力と思っている者が多いです。いえ、むしろ、そう考えている人がほとんどでしょう」

「まぁ、そうだな。スキルは生まれ持った才能の一つって考える方が自然だし。生命の神が一人一人を見て、スキルあげるかどうか判断してるって考える方が非現実的だろ。そう考えるのは、お前達生命教信者ぐらいじゃないか」

「ええそうです。誠《まこと》に遺憾《いかん》ではありますが、今その真理を信じているのは生命教信者《われわれ》だけです。あれだけ力説しても、アガトさん達は信じてくれないですし」

その言葉に、アガトさんは苦笑いを浮《う》かべる。

「ですが、クシナさんは違います！ クシナさんは記憶が無いと仰いました。つまり、今は生命教信者じゃないんです！ にも関わらず、スキルは貰いものだという真理を分かっています！『スキルは人間の個性』という説が一般的《いっぱんてき》となっている世の中で、その考えを持っているということは、それはもう、クシナさんが主の眷属だという証拠《しょうこ》に他なりませんっ‼」

「いや、ただ単に、記憶を失う前に生命教信者だったたってだけだろ。スキルが貰いものだって言ったのも、その時の名残《なご》りがあっただけで――」

「じゃあ訊きますが、私達が森に迷《まよ》い込んだタイミングで、とても優《すぐ》れたスキルを持つ、しかも、記憶を失ったクシナさんが森にいたことは偶然《ぐうぜん》ですか？　そんなたまたまがあると？」

「いやぁ、でも、う〜ん……それでも、俺《おれ》らが森に移動したのは一瞬《いっしゅん》だぞ？　その一瞬で、生命の神がクシナさんを創って、超強力《ちょうきょうりょく》なスキルを与えて、俺達を助けるために遣わしたってか？　何十万といる人達の中で、俺達だけのために？」

「ええ、その通りです」

「リカはともかく、俺やテンチ、ガリは信心深くないぞ。生命の神が特別視する理由がない。そんないるかどうかも分からない存在が遣わしたって説より、偶然っていう方がまだ信じられるね」

アガトさんがそう言うと、リカードさんは溜め息を吐き、

「またアガトさんはそんなこと言って……バチ当たりますよ？」

「無いものをどうやって当てるんだよ？」

アガトさんは肩《かた》を竦《すく》めた。

□□□

【リカード視点】


クシナ様と出会ってもう九日が経《た》とうとしていた。

私達は、今も変わらず森の外を目指して歩いている。

この九日間、私達は誰一人として欠けないでいられている。全て、クシナ様のおかげだ。

クシナ様は、魔獣から私達を守ってくださるだけでなく、夜番まで引き受けてくださった。

クシナ様が言うには「五徹《てつ》までなら問題ない」とのことで、ほとんど寝《ね》ずに護衛をこなし続けてくださっている。途中《とちゅう》、一度だけ、クシナ様も睡眠《すいみん》を取られることがありましたが、そんな時でも、魔獣が接近するとすぐさま目を覚まし、魔獣の迎撃《げいげき》を行ってくださった。

感謝以外の言葉が浮かんでこない。

クシナ様は今も先頭で安全を確保しながら、途中で見つけた死体から服を剥《は》ぎ取っていた。破れる度にローブを貰うのは申し訳ないということで、時折見つけた死体から服を拝借している。

ほとんど休息を取らずに、コンディションを崩《くず》さず、人では倒せない魔獣を屠《ほふ》り続けている。こんなこと、常人にはできない。

元より確信していたが、この九日間を経て、「クシナ様は生命の神の眷属」という説は、私の中でより強い確信となりつつあった。


生命の神様とは、私達人間の祖。人間を創り、唯一《ゆいいつ》人間を守ってくださる偉大《いだい》な神。

まだ世界に植物と獣しかいない頃《ころ》、突如《とつじょ》としてこの世界に舞《ま》い降《お》りた彼女は「このままでは世界に発展は無い」と憂《うれ》い、私達人間を創り出した。

私達人間こそが世界を発展させ、世界を導く存在であれ、と私達を創った。

他の神々が、娯楽《ごらく》のため、好き勝手に世界を壊《こわ》す中、彼女だけが世界を想《おも》ったのだ。彼女だけが、神々の中で、正しい倫理観《りんりかん》を持ち合わせていたのだ。

我々人間は、そんな尊ぶべき神より遣わされた使徒である。それは、変えようの無い事実だ。その証拠に、こんな過酷《かこく》な世界でも生きていけるよう、他の生物が持たない『スキル』という力を、主は我々人間に授《さず》けてくださっている。

我々人間の母であり、世界を想う慈愛《じあい》の神が、我々を見捨てることなどありえない。我々が本当に危機へ陥《おちい》れば、生命の神様は手を差し伸《の》べてくれる。

——この教えは、あぁ……間違いではなかったのだ。

なんということだろう。これほど素晴らしきことはない。我らが主は、私達を救うため、クシナ様という、これほど素晴らしきお方を遣わしてくださった。これは即《すなわ》ち、私は、世界を正しく導くのに必要な存在だと認められたということに他ならない。こんなに光栄なことはない。

帰ったら、また祈《いの》りを捧《ささ》げなければ。そして、主の素晴らしさをより世界に広めなければ。

生命の神に感謝を。そして、主の使命を忠実にこなし、私達を助けてくださるクシナ様に感謝を。

私は、これからも、貴女様《あなたさま》のために命を捧げます。

「……………」

それにしても……この森には死体が多いような気がします。

この森に入ろうとする方《かた》なんて今の時代にはいないと思うのですが……その予想に反して、けっこうな数の死体が転がっています。

どうしてこんな……もしかして、私達が急にここへ飛ばされたみたいに、この人達も無理やりここに飛ばされたとか……？


そんなことを考えていた時、不意にアガトさんがこちらに振り返る。

「おいリカぁ、何してんだぁ？　はぐれちまうぞぉ」

「！」

いけない、いつの間にか先頭《クシナさま》と距離《きょり》が開いてしまっている。

気をつけないと。まだ森を抜けた訳じゃないのに、気が抜けていた。

主の期待に応えるためにも、まずは無事にここを抜けてから――

「――!?」

………え。

開いた距離を詰《つ》めようと小走り――しようとした所で、急に動けなくなった。

何、これ……？

何かヌメヌメとしたものが、私の体を拘束《こうそく》し、私の動きを阻害《そがい》する。

先程まで、こんなものは無かった。気配すら感じなかった。

一瞬だった。本当に一瞬で、私の体は自由を奪《うば》われた。

私を拘束するものは、私の体を雁字搦《がんじがら》めにし、ミリ単位の動きすら許さない。

声を出して助けを乞《こ》おうとしても、すぐにヌメヌメとしたものが私の口を塞《ふさ》ぎ、私の声を殺す。それどころか、鼻まで塞がれて、どんどんと苦しくなって……ッ！

私は、前を見る。誰《だれ》も、私の異変に気がついていない。あのクシナ様までも。

「…………〜〜〜ッ、〜〜〜〜〜〜!!!」

苦しさが強くなる。

嘘……これ。

まさか、これで、終わり？　私は、こんな所で終わってしまうの？

……そんなの、そんなのって……！

「――――ッ、ッ、ッツッ!!」

い、嫌《いや》……！　こんなの嫌！　こんなッ、こんな……！　嫌!!　嫌ぁ!!

ここで死んだら、もう何もできなくなる！

もう祈れない。もう話せない。もう笑えない。もう会えない。他愛《たあい》のないあの会話も・

普段《ふだん》の何気ない食事も・ただ顔を合わせることすら、できなくなるッ。

嫌！　嫌嫌嫌《いやいやいや》!!　嫌ぁ!!!

もうあの日々に戻《もど》れない、あの温かさを味わえない、死んでしまうッ。

死ぬッ、死んじゃう！　こんな、誰にも見られずに死ぬなんて！　誰にも知られず死ぬなんて――嫌!!

そんなことは無いと分かっていても、こんな死に方じゃ……私が死んだら、皆《みな》、私のことを忘れちゃうんじゃないかって、嫌でも考えてしまう……！

忘れられるのなんて嫌！　死ぬのはもっと嫌だ！

助けて……ッ、助けて!!　お願い、助けてよ……誰かッ、神様ぁ……！

助けて……クシナ様ぁ……！

涙《なみだ》で歪《ゆが》む視界の先、振り向かずに進む仲間達の背中が見える中で、クシナ様の姿だけが消えた。

「――ッッッ!!!!」

背中からとても強い衝撃《しょうげき》が伝わってくる。

それと同時に、拘束が解けた。

「――ゲオッ、ガッゴホッ！　ゴホッ！　ゴホッ！」

止められていた呼吸が急にできるようになったせいか、咳《せき》が出てきて止まらない。

長い間、酸素を取り込めていなかったせいで、上手《うま》く体に力が入らない。膝《ひざ》から地面に着き、その場で腰を下ろしてしまう。

でも、何度か咳をした所で、体の機能が正常に戻ってきた。やっと動かせるようになった体で、私は後ろを振り向く。

「――」

そこには、拳《こぶし》を血で染め、体にも飛び散った血を付けたクシナ様が立っていた。

クシナ様が……助けてくださった……！

私を拘束していたのはグレナ（地球で言う所のイグアナ）の魔獣《まじゅう》だった。体高が人間の平均身長よりも大きく、背中から体毛の代わりに多数の太い触手《しょくしゅ》が生えたグレナ魔獣。

それが、今では、クシナ様に背中から体を潰《つぶ》され、絶命している。

こんな巨大《きょだい》な生物が真後ろに居たのに、全く気が付かなかった。

クシナ様が居なかったら、私はここで死んでいた。その事実に身震《みぶる》いをする。

それと同時に――心底、安堵《あんど》していた。

「ごめん」

クシナ様が私を心配し、目線を私に合わせるため、屈《かが》んでくださる。

「助けるのが遅《おく》れた」

目の前にクシナ様が居る。それが「生きてる」ことを実感させてくれる。

瞳《ひとみ》から滴《しずく》がこぼれ始めていた。

「本当にごめんね。どこか痛めた？　大丈夫？　立てそう？」

きっと、私が急に泣き始めたから、心配してくださったのだろう。いろいろと私を気遣《きづか》ってくださる。

『大丈夫です。助けてくれてありがとうございます』

そう言わなければならないのに、涙が勝手に溢《あふ》れて止められない。口を上手く動かせない。

お礼の言葉を言えずに口をまごつかせている間にも、涙の量はどんどんと増えていって。

さっきとは違《ちが》う苦しさが胸の中に広がり、大きくなる感情に体の制御《せいぎょ》を奪われていく。

お礼……お礼を、言わないと……………お礼を、言わッない、と……ッ！

気付けば、私はクシナ様に縋《すが》りついていた。

「…………うっ…………あっ……っ、っぁ……！」

クシナ様の胸に力いっぱい額をこすりつけて、

「…………っっっ…………ぅぐっ、うっうっうっ、ふぅ……あああ」

喉《のど》から込み上げてくるどうにもならない感情を、ぶつけてしまっていた――。

「〜〜〜ッ!!　〜〜〜〜〜〜〜〜ッッッ!!!!」

□□□

【アガト視点】

「クシナ様も知っとくべきです！」

「そうなの？」

「はい！　クシナ様ほど神聖たる方《かた》が主を知らぬ存ぜぬで通すのはよくありません！　絶対に知っておくべきです!!」

「そうなんだ。じゃあ、きちんと調べてみるね」

「いえいえ！　クシナ様の手を煩《わずら》わせずとも、この私がお教えしましょう！　我らが生命教の主、生命の神について！」

「お〜、ありがとう」

「——!! そ、そんな、お礼だなんて///」

「そんな世迷言《よまいごと》を信じても良いことなんて無いでござるよ。それよりもクシナ殿。ちょっと上腕《じょうわん》二頭筋の方を見せて欲《ほ》しいのでござるが……も、もももしッよかったら、触らせてもらってもよろしいでござるか⁉」

「——ッ、そんなこととはなんですかそんなこととは!! ガリッスルさんッ、不敬ですよ！ 世迷言など……不敬です！ 生命の神は我ら人間をお創りしてくださった人類の祖。その祖先に対する不敬は——」

「いいよ」

「ふぅおおおおお!!!! あ、ありがとうございます!!」

「——言ってしまえば人類全てに対する不敬と言っても過言ではない………聴いてますか？」

「うおおおおおおおおやべぇぇぇぇぇぇ!!!! この筋肉やべぇぇぇえええええええええええええええええ!!!!!」

「聴いてない⁉」

「……お前ら、クシナさん間《あいだ》に挟《はさ》んで何やってんだよ」

森に入って九日目の野営。

テントや焚き火の準備を終えた俺達は、また焚き火を囲う形で夜食を取っていた。

なんというか……この光景を見慣れたと感じる自分が嫌になる。

ガリとリカは、それぞれクシナさんの横に座り、和気藹々《わきあいあい》としていた。恩人を挟んで何をやっているんだか。

だが……大分、二人共、いつもの様子に戻ってきたな。恥《は》ずかしいと思うと同時に、安堵する。

今日なんて、本当に危なかった。あと少し、クシナさんが気付くのを遅れていたら、リカはこの場に居なかった。

命の危機に瀕《ひん》した——というのに、リカは笑顔《えがお》でこの場にいる。

紛《まぎ》れもなくクシナさんのおかげだ。彼の力が、この二人に平常心を取り戻させた。

本当に、彼には感謝しかない。

………ん？

リカとガリが隣《となり》で騒《さわ》いでいるというのに、クシナさんがテントの方に視線を向ける。

それにつられて、俺もテントの方に視線を向けると——テンチが、いつもより早くテントの中に入ろうとしていた。

「お、おいテンチ。どうしたんだよ？　どこか具合が悪いのか？」

いつもと違う行動を取るテンチに動揺し、彼女に疑問を投げかける。

「別に……もうやることも無いし、寝ようと思っただけよ。どうせ、今日もソイツが寝ずに番するんでしょ。なら、私が早く寝ようと問題ないじゃない」

「なッ――」

テンチの物言いに、言葉が詰まった。

確かに、今日もクシナさんに任せることにはなるだろう。それは、彼女の言うことに間違いはない。

でも、だからと言って、その言い方は違うだろう。

動機は不明だが、それでも、クシナさんは俺達を守るため、寝ずに番をしてくれているのだ。

感謝こそすれど、それを当たり前のように受け止め、それどころか悪意を返すなど、絶対に間違っている！

「テンチ！　おま――」

「テンチさん！　失礼が過ぎますよ!!」

「テンチ殿！　その言い方はあんまりではござらぬか!!」

俺がテンチを諫《いさ》める前に、リカとガリが批難《ひなん》の声を上げる。

だが、テンチは、そんな二人に反論するどころか顔色一つ変えずに、テントの中へと入っていってしまった。

「……なんですかッ、あれは……！」

「……テンチ殿……」

クシナさんに対して悪意を向けたまま居なくなってしまったテンチに対し、リカとガリは怒《おこ》ったり混乱しているようだった。

二人の気持ちは分かる。今のテンチの行動は人として許されるものではなく「無礼！」と批難されても仕方がないものだ。この九日間、俺達と違ってクシナさんを信頼することができず、警戒心《けいかいしん》を顕《あらわ》にしてきたテンチだったが、それでも、今の言動は度を越《こ》している。

どうしたって言うんだ。ここまで礼を欠くなんて、いつものテンチらしくない。

まだ森を抜《ぬ》けてもいないのに、ここで輪が乱れるのはまずい。

「とりあえず、俺が話を聴く。お前らは変に動くな」

俺は二人に落ち着くよう指示する。それと同時に、

「すみませんクシナさん。きっと、アイツはまだ混乱しているんです。こんな訳の分から

ない状況《じょうきょう》にいきなり放り出されて……ですから、どうか……！」

仲間が失礼な態度を取ってしまったことに対する謝罪も、すぐに行う。

俺が頭を下げると、クシナさんは笑顔で手を振って。

「いいよ、全然。気にしてないから」

そうやって、こちらを気遣った回答をしてくれた。

流石はクシナさん。ここでも、器のデカさを見せてくれる。

俺はそれにホッとして、急いでテンチのいるテントの中へと入った。

□□□

あれから、夜食も取り終わり、夜中。

すでにガリッスルさんやリカードさんもテントに戻り、就寝《しゅうしん》している。

僕《ぼく》はと言えば、ここが魔獣に襲《おそ》われないよう、夜番をしていた。

テントの近くに転がる倒木《とうぼく》の上に座《すわ》り、目の前の焚《た》き火を消さないよう、定期的に木材を投げ入れていく。

「……」

パチパチと音を立てる焚き火を見ながら、何かが近付いて来ないか、注意深く辺りの変化に気を配る。

そうすることで、これまでどの魔獣の襲撃《しゆうげき》にもいち早く気付き、迎撃してきた。

……だからまぁ、彼がこちらに向けて歩いてきてたのにも、すでに気付いてた訳で。

「集中している所すみません、クシナさん。今、少しいいですか?」

「いいよ」

僕の後ろから声をかけてきたアガトさんに、笑顔で応じる。

「……ありがとうございます」

そう言って、アガトさんは僕の横に腰《こし》を下ろした。

そして、僕の方を向き、頭を下げる。

「先程は本当にすみませんでした」

「大丈夫、気にしてないから」

先程というのはテンチさんの件だろう。

だが、あの件に関しては、テンチさんと話をしてテントから出てきた時、二度目の謝罪をいただいている。

その後、ガリッスルさんやリカードさんにも「仲間が殺されそうになったことで精神的にまいってる」とテンチさんの現状を伝えたことで、今回は大目に見ると話がついていた。

元々《もともと》気にしてなかったたし、そんなに気に病《や》まなくてもいいのに。

そうやって、アガトさんのことを「律儀《りちぎ》だなぁ」と考えていたら、

「……本当に、凄《すご》いなぁ……クシナさんは」

と、何故《なぜ》だか尊敬の念を抱《いだ》かれた。

なんで？

頭に疑問符《ぎもんふ》を浮かべている僕を他所《よそ》に、アガトさんは笑《え》みを作りながら正面の焚き火の方を向く。

「クシナさん。少し、お話聞いてもらってもいいですか？」

「うん、いいよ。なんの話？」

「テンチのことについてです」

ん？　またテンチさんの話？

「実は俺達にも色々あって、それでクシナさんならどうするのかなって、意見を訊《き》きたくて」

「別に構わないよ」

「ありがとうございます」

アガトさんが頭を下げる。

その後、再び焚き火の方に向いた彼は話を始めた。

「テンチなんですが……今の他人嫌《ぎら》いなアイツを見てると信じられないかもしれませんが、実はアイツ、初めて会った頃は凄いお人好《ひとよ》しな奴《やつ》だったんですよ」

「そうなんだ」

「はい。こっちが心配になるぐらいのお人好しで、他人の幸せのためならどこまでも頑張《がんば》れるって、笑顔で言う奴だった」

他人のために？　それは凄い。

「昔のアイツは常に笑顔だったんです。そして、他人の笑顔のために頑張れる奴で……でも、そんなアイツが変わるような事件が、三年前に起こったんです」

事件？

「テンチが、冒険者二人に辱《はずかし》められそうになったんです」

「……」

「あの頃は、新人の俺達が少しずつ一人前だと認められ始めていた頃で、先輩《せんぱい》冒険者との絡《から》みが増え始めていた時期でもありました。それに比例して、メンバー個別に仕事の協力も依頼《いらい》されるようにもなったりして……その協力の依頼が、テンチにも来たんです。そして…………」

「……事件が起きた、と？」

「……はい」

アガトさんの表情が歪む。相当に苦々《にがにが》しい思い出なのだろう。

「浮かれてたんです。一人前として認められ始めていたことが嬉《うれ》しくて、リスクに対する準備を怠《おこた》っていた。よく相手のことを調べもせずに、協力の依頼を引き受けてしまったんです。その結果――彼女に一生消えない傷を負わせてしまったッ」

彼の表情や語気から、相当に悔《く》やんでいるのが伝わってくる。

「ギリギリの所で助けられたのは、運が良かっただけなんですッ。たまたま、他の先輩《せんぱい》に協力依頼について話す機会があったから、なんとかなっただけで……ッ、あの時、先輩に、依頼してきた男冒険者の悪い噂《うわさ》について聞いていなければ、取り返しのつかないことが起きていたッ。もし聞いていなければ、俺達はテンチを助けに行くこともできず……テンチは、心だけでなく、体にまで、一生消えない傷を負って……ッ、本当にッ、取り返しがつかない……ッッ」

アガトさんが右手で顔を覆《おお》う。

えっと……つまり、アガトさん達《たち》と同じ職業の男二人にテンチさんが協力をお願いされたから、それを受けたはいいけど、実はその男二人にアガトさん達は騙《だま》されていて、その結果、テンチさんが辱《はずかし》められそうになった、てことかな？

なるほどねぇ、そんなことがあったんだ。

でも、最終的には助けられたみたいだし、そこまで気にする必要は無いと思うんだけど。

「あの時、初めてテンチの泣く姿を見ました。いつも気丈《きじょう》に振《ふ》る舞う彼女が涙を流す所を、初めて見たッ。あの時ほど、自分を責めたことはありません」

一度、アガトさんが何かを堪《こら》えるように上を向く。

そして、下を向きながら息を吐《は》くと、落ち着いて話を再開する。

「あの時から、テンチは笑わなくなりました。それと同時に、リスクを酷《ひど》く怖《こわ》がるようになりました。例え簡単な依頼でも、『もしかしたら』という万が一の危険を示唆《しさ》して、反対するようになったんです。そして、他人を酷く毛嫌《けぎら》いするようになった」

「………」

「なんとかしてやりたいと、何度も思いました。でも、どんな言葉がテンチを傷つけるか分からなくて………いや、違うな。俺は、このパーティが無くなるのが嫌だったんだ。俺の余計な一言で、テンチがパーティを脱退《だったい》してしまうかもしれない。それがどうしても嫌で、怖かった。

それじゃあ駄目《だめ》なんだってことはッ、分かってます。でも、動けなかった……ッ。テンチが悩《なや》んでることだって知ってるんです。アイツも『なんとかしなきゃ』てずっと葛藤《かっとう》を抱《かか》えてる。その証拠にッ、さっきだって！　……さっきだって、アイツ、自分の発言に後《こう》悔《かい》して泣いてたんです。馬鹿みたいに、本当に馬鹿みたいに、泣いてたんです……」

アガトさんが力なく項垂《うなだ》れた。

「俺には、今のアイツにかけるべき言葉を見つけられなかった。どうすべきか、分からなかった……」

彼がこちらを見る。

「クシナさんなら、どうしていましたか？　……俺は、どうすべきだと……思いますか？」

「……………」

アガトさんが真剣《しんけん》に問いかけてくる。

縋《すが》るような目。相当、この話題について悩んできたんだろうなぁ。

でも……。

「ごめんね、分かんないや」

僕は素直《すなお》にそう答えた。

だって、ねぇ……？　アガトさん達と同じ時を過ごしていない僕に分かる筈《はず》がない。

それに、僕には『怖い』という感情が分からない。さらに言えば、相手の様子を見て、言わなければならないことが言えなくなる、という感性も分からない。今回の話題は、僕には分からないことだらけだ。

いや、知識としては知ってるよ？　人はそうなることがある、ということだけは知ってる。でも、それだけだ。解決策なんて知る訳がない。

だから、正直に答えた。

でも、それを聴《き》いたアガトさんは、酷くショックを受けているようだった。

「そ、そうですよねッ。すいません、急にこんな話題を振っちゃって」

「それ自体は全然構わないよ」

笑って誤魔化《ごまか》そうとしているけど、失意の色は隠《かく》せていない。

「…………」

面倒《めんどう》だなぁ。

この話題について考えるのもそうだし、ここから放置するのも面倒だなぁ。

「あのさ、アガトさん」

僕の声に反応して、アガトさんが再びこちらに向き直る。

「アガトさんは、どうしたいの？」

「え……？」

アガトさんの動きが止まる。

まさか問いを返されるとは思っていなかったようで戸惑《とまど》っているようだ。

「……俺が、どうしたいか……」

「テンチさんをどうにかしたいっていうのは分かったよ。でも、それ以外は、話を聴いてもよく分からなかったんだよねぇ～」

「……………」

「アガトさんの……根っこの部分、て言うのかな？　そういうのが伝わってこなかった、ていうか……うん、アガトさんは何をするのが一番だと思ってる？」

下を向いて、何やら考え始めるアガトさん。

どうやら、僕の言葉が引っかかったご様子だ。何かヒントになったのなら良かった。

相談に対して「分からない」で終わらせてしまうと心証《しんしょう》が悪くなっちゃうからねぇ。最悪、それが原因で逆恨《さかうら》みされたりとかさぁ。他人の心なんてどう変わるか分からないからね。悪い方に転がったら面倒くさすぎる。だから、せめて、「こちらは協力的ですよ」と伝えるために思ったことをそのまま口にしたんだけど……うん、効果があったようで何よりだ。

「――――！」

お、この感じは。

「ごめんねアガトさん。魔獣が近付いてきてるから、僕はここで失礼するよ」

「アッ、はい！」

そうして、僕はその場を後にして、楽しい楽しい狩《か》りへと向かったのだった。

□□□

翌日、テント等を片付け終えた僕達《ぼくたち》は、再び、森の外を目指して歩いていた。

先頭を歩く僕の横にアガトさんが近寄ってくる。

「クシナさん」

「あ、アガトさん。ごめんね、昨日は途中で席、外しちゃって」

「いえいえ！　謝罪なんていいですよ！　というか、あの時点で十分なアドバイスをいただけてた訳ですし」

途中でいなくなったことに対して謝罪する僕に対して、アガトさんは慌《あわ》てて右手を振りながらフォローしてくれる。

うん、気にしてないみたいで良かった。

というか……アドバイス？

「クシナさんのおかげで、俺分かったんです。というか、初心に帰れた、というか……」

「……？」

「これまで、馬鹿みたいに悩んできましたけど……元々、自分勝手に突《つ》っ走ることしかやってこなかった奴が、今更《いまさら》色々と考えて、相手に寄り添《そ》うなんてこと、できる訳なかったんですよねぇ……。あの後、いっぱい考えて、やっとその結論が出ました」

「……そうなんだ」

なんの話だ？

「今まで自分勝手にやってきた奴が、リーダーとしてやれること——そんなの、パーティの先頭に立って、『これが正しいんだ』って行動で示し続けることしかない。それがやっと、分かったんです。クシナさんのおかげですよ。これでやっと、迷わずに進むことができる」

「そう……」

「俺はこれから、行動で示し続けようと思います。『もう逃げない』『だからお前も逃げんな』って。皆の前に立って、それを証明し続けようと思います」

「……そ、っか……」

「ありがとうございました、クシナさん。昨日、俺の話を聴いてくれて。これも全部、昨日クシナさんが真摯《しんし》に話を聴いてくれたおかげです。本当に、ありがとうございますッ」

「……どう、いたしまして」

なんか勝手に話が進み過ぎてて意味が分からないけど……とりあえず、解決はした、のかな？　……うん、それなら良かった。

「あ、あれ！」

後ろから声が聞こえる。

振り向くと、リカードさんが前を指さしていた。

それにつられて僕も前を向くと――

「おぉ！」

「やったッ……！」

「遂《つい》に……！」

あったのは、光《ひかり》だった。

深い森の中であれほどの光量。それは、向こう側に光を遮《さえぎ》る木々が無いことを意味してる。

僕達は、食事と睡眠の時以外、休まず森の中を進み続けてきた。それも、目的地に向けて一直線に。そこで現れた光のゴール。十日間も歩き続けてきたんだ、十中八九、あれは森の外――――そう考えていいだろう。まぁ、そうじゃない可能性も全然あるけど。

アガトさん達四人のテンションが上がる。まぁ、ずっと気が抜けない状態だったからね。

そうなるのも無理はないと思う。

これで、僕の役目も終わりかな？


……………なんて、呑気《のんき》に考えている時だった。


「――――！」

突然《とつぜん》、違和感《いわかん》を覚える。

僕は反射的に構えていた。

「……クシナさん？」

その僕の様子に疑問を覚えたアガトさんが、こちらに声をかけてくる。

「…………何か、来る？」

「え？」

いつもとは違う感覚。でも、何か来るのは間違いない。でも、どこから？

『――!?』


突然、地面が揺《ゆ》れた。

地震《じしん》!? 凄い揺れだ。

あまりの揺れに、ここにいる全員が立っていられなくなる。

少し経《た》っても、揺れは収まるどころか、どんどんと強くなっていく。

大地には亀裂《きれつ》が入り、所々で樹木は倒《たお》れ。

大地を傷だらけにした所で――やっと、地震は止まった。

「……終わっ、た……？」

顔を上げながら、アガトさんが口を開く。

なんだったんだ、今の？ それに、今も感じるこの強烈な違和感。

まだ何かある気がする。早めに気付かなければならない、何かが――

「クシナさん!!」

「へ？」

アガトさんに叫《さけ》ばれて、僕は後ろを向く。

そこには、すでに大きく開いた口があった。

あ――。

次の瞬間《しゅんかん》、僕の体は、一口でその口に飲《の》み込《こ》まれた。

□□□

【アガト視点】

そ、そんな……。

クシナさんが、喰われた。

目の前で起こった出来事に、頭が追いつかない。

クシナさんを頬張《ほおば》った口。あれは、さっきの地震でできた地面のヒビから出てきた。

灰色の、触手のように長い何か。あの口は、その先端《せんたん》に付いていた。

まるで骨なんて存在しないように、どこまでも大きく開く口。不規則に、大量に生え並んだ、長く鋭利《えいり》な歯。

しかも、おかしいのは――存在がどこまでも希薄なことだ。目の前で動いていて、それを俺も視界に映していたというのに、クシナさんを飲み込む直前まで認識《にんしき》ができなかった。以前、リカを殺そうとしたグレナ魔獣に並ぶほどの影《かげ》の薄《うす》さ。

「――ッ」

起こった出来事をそこまで整理できた所で、やっと我に帰る。

今、ここには、さっきの地震でできたヒビがいくつもある。そして、クシナさんを飲み込んだアレは、またヒビの中へと戻っていった。次、アレがどこから出てくるか分からない。さらに言えば、あの触手が一本だけとも限らない。

自分よりも圧倒的《あっとうてき》に強いクシナさんの心配をしてる場合じゃない。一刻も早く、ここから離《はな》れなければ。

俺は剣《けん》を抜きながら立ち上がる。

「お前らァ！　立てェ！　すぐにここから離れるぞ!!」

俺の声で、テンチ達も我に帰り、急いで立ち上がり始める。

早く……早く移動しなければッ。一先《ひとま》ず、このヒビの無い場所まで——


「——」


次の瞬間、俺は駆《か》け出していた。

目指すのは森の出口——ではなく。

俺が目指したのは、テンチの居る場所。

「走れェテンチぃ!!」

俺は叫びながら、テンチの後ろから迫る触手を斬《き》るために、剣を振り上げた。

普通《ふつう》に考えれば、こんなの、ただの自殺行為《こうい》だと分かる。相手はランクSの怪物《かいぶつ》。アイツからすれば、俺なんて、その辺を飛ぶ虫と大差ない。虫が何をした所で、なんの意味も無いことは、俺にだって分かる。

だけど、今の俺はそんな思考など吹《ふ》き飛んでいた。仲間の危機。ただそれを目《ま》の当たりにするだけで、俺の中から恐怖諸共《きょうふもろとも》、思考が吹き飛んだ。

今、俺の体を突き動かしているのは衝動《しょうどう》。——仲間を守るという衝動のみで、俺の体は動いている。

俺の声でテンチも後ろの触手に気が付き、急いでその場を離脱《りだつ》しようとする。でも、今から動いた所で間に合わない。

少しでも、触手の進みを遅《おそ》くする！

俺は触手に向かって剣を振り下ろした。

「――――」

刃《やいば》が触手に触《ふ》れる。

――瞬間、俺の剣が触手を斬り裂《さ》いてみせた。

え……あ、は？

俺は止まろうとするも、予想以上に速度が出ていたことで、バランスを崩《くず》し、たたらを踏《ふ》んで倒れてしまった。

え、斬った……俺が、あいつを、斬った……!?

あの触手は見たことないけど、この森にいるんだ。【危険度ランク】Sであることは間違いない。なのに……そんな化け物の体を、俺が、斬れた???

混乱しながらも、とりあえず、俺は立ち上がる。

テンチ達も、この異様な出来事に驚《おどろ》き、俺に視線を向けていた。

「――――!?」

だが、そんな混乱も、再びテンチに視線を向けたことで吹き飛んだ。

テンチ目掛《めが》けて、今度は数本の触手が向かっている。

「――ッ」

思考は後だ！

俺はすぐに駆け出した。

また物凄《ものすご》い速度が出る。自分の体じゃないみたいだ。

一瞬《いっしゅん》で距離《きょり》を詰《つ》めた俺は、テンチに迫る三本の触手をほとんどラグなく斬り落としてみせた。

これまででは出せなかった力を出しているせいでまだ慣れない。斬った後にたたらを踏んでしまう。

でも、今度は倒れずに踏み留《とど》まる。

その間に、ヒビから複数本の触手《しょくしゅ》が飛び出していた。

クソッ、何本存在しているんだッ。

またテンチに迫ろうとする触手を見て、俺は再び触手を斬ろうと駆け始める。

斬る、斬るッ、斬る！

テンチに迫る触手を片《かた》っ端《ぱし》から斬り続ける。

どうしてこんな速度で走れるのか？　どうしてこれほどまでの力が出せるのか？　どうし

て触手《ヤツら》の動きを目で追えるのか？

そんな思考は後だ！

今は、飛び出している触手、全て斬り伏《ふ》せて、テンチと共に離脱することだけ考えろ！

俺の仲間を、傷つけさせてたまるかァ!!

触手を斬るために動き回ったことで慣れてきたのか、たたらも踏まなくなってきた。

よし、これなら――

またテンチに迫る触手が見える。

俺はそれを斬るために、また地面を蹴《け》ろう――とした所で、何かに躓《つまず》き、転んでしまった。

は――？

俺が躓いたのは灰色の長い何か――否、触手だった。

「――」

しまった。

テンチを助けることばかりに気を取られて、目の前の触手に気が付かなかった。

触手が、俺の足元でピンと伸《の》びていたのだ。

先端の口がこちらを向き、「ギギギ」と嗤《わら》う。

「アガト！」

俺が超常的《ちょうじょうてき》な動きをしたことで驚き呆《ほう》けていたテンチだったが、俺が転んだことで我に帰り、俺の下へと駆け寄ろうとしてくれる。

だが、

「俺のことはいい！　後ろだテンチィ！」

「――――⁉　キャアッ‼」

「テンチ！」

一本の触手がテンチの両脚《りょうあし》に絡み付き、彼女《かのじょ》を引っ張り倒す。

テンチに絡み付いている触手、形状が変化している。口が引っ込み、網《あみ》のように広がりながら、彼女の脚《あし》にベッタリと引っ付いている。昔、異世界より転移してきた者が伝えた、粘《ねば》り気《け》のあるガムみたいだ。

うつ伏《ぶ》せに倒れたテンチ。その彼女を、触手はヒビの中に引っ張り込もうと引きずり始める。

させるかッ！

俺は体を起こしながらテンチの方に駆ける。

テンチを助けるために、ガリも触手の方に杖《つえ》を向けて魔術《まじゅつ》を用意しているが、どう考えても間に合わない。

俺がッ、助ける！

テンチも、引きずられまいと地面に爪《つめ》を立てて抵抗《ていこう》していたからか、簡単に追いつく。

俺はテンチを引きずる触手を斬り裂くことに成功した。

――だが、無理な体勢から駆け始めた反動で、触手を斬り裂いた後で体のバランスを崩し、地面に転がり倒れてしまう。

「――ッ」

まだだ……！　すぐ立て！

俺は上体を起こす。

目の前には、俺を食《しょく》そうと迫る複数の触手。

なめんなァァ!!

俺は、輪を描《えが》きながらこちらに迫ってくる触手を、立ち上がりながら斬り裂いていく。

一本、二本、三本………沢山《たくさん》。あっという間にこれまで斬ってきた触手の数を越《こ》える。

――それでも、途切《とぎ》れない。

斬っても斬っても、すぐに新しい触手が襲ってくる。

俺を助けようと、リカから補助魔術《ほじょまじゅつ》をかけてもらい、威力《いりょく》を上げた魔術の爆発《ばくはつ》を起こしてくれるガリ。

しかし、俺に当てないようにするため、少し離れた所で爆発を起こしている。それで今、まさに俺に近付こうとしていた触手のいくつかは焼けるが、それも焼け石に水だ。触手の迫ってくる勢いはまるで衰《おとろ》えない。

なんとか触手をさばいて立ち上がることはできたが……このままではッ。

「――――ッ⁉」

いッッつぅ……！

一本、斬り損《そこ》ねたッ。

斬り損ねた触手が、俺の左足首に噛《か》み付いている。

深く歯が食《く》い込み、血が流れる。

「クソッ」

噛み付いてきた触手を一刀のもと斬り捨てる。

――だが、それで隙《すき》が生まれてしまった。

「――――ッッッ!!!」

今度は、背中に触手が噛み付いてくる。

一瞬、視界に赤い線みたいなのが入った。

背中が痛くて……熱いッ。

噛み付いてきた触手は徐々《じょじょ》に噛む力を強めていく。

「ッ……ッ、ッ！」

クネクネした体のどこにこんな力があるんだよ⁉

「――ガァァァ!!!」

俺はなんとか力を振り絞《しぼ》り、反転して背中に噛み付いた触手を斬り捨てる。

「ぐハッ……！」

そこで、一度剣《けん》を地面に突き立て、片膝《かたひざ》を着いてしまう。

いてェ……尋常《じんじょう》じゃなく、背中がいてぇぇ！

ギギギィとかグググとか幻聴《げんちょう》まで聞こえてきやがるッ。

「――ッッ」

でも……止まるなッ。

すぐに構えろッ。

じゃないと、また触手が来るぞ！

俺は顔を上げた。

「――」

だが、不覚にも、そこで俺は止まってしまった。

だって……こんなの。

触手は追撃《ついげき》を仕掛《しか》けてはこなかった。

だけど、俺は見てしまった。――――斬られた触手が、すぐに再生する光景を。斬られた断面がボコボコと膨張《ぼうちょう》し、蜥蜴《とかげ》の尻尾《しっぽ》のようにまたすぐ新しい口ができ上がる様を。

しかも、こいつらは……ッ。

こいつらは、俺の近くで漂《ただよ》い、

「ギギギィ」

「ぐっぐぐっ」

嗤《わら》ってやがる。

血に濡《ぬ》れる俺を見て、嘲笑《あざわら》ってやがる。

こいつらにとって、俺達《おれたち》は――――

「アガト!!」

傷つく俺を心配し、こちらに駆け寄ろうとしてくるテンチ。

「――――! 後ろだァ! テンチ!」

しかし、そのテンチの後ろで大きく口を開き、彼女を飲み込まうとする触手が。

「え――――？――――ッ！」

俺の声で彼女もそれに気付き、一瞬怯《いっしゅんひる》む――――すぐに気を持ち直し、ベルトに固定していたナイフの一本を触手に投げる。

「――――！」

投げられたナイフは、見事、触手の口を貫《つらぬ》き、後ろの樹木に突き刺《さ》さった。

凄い勢いだ。明らかに、テンチの能力も上がってる。

……だがしかし、小さなナイフで開けた穴など、こいつらには大した怪我《けが》ではなく。

すぐに穴は塞《ふさ》がり、まるで速度を落とすことなく近付く触手の口。

う　ご　け　カ　ラ　ダ　ァ　ァ　ァ　!!!

俺はなんとか脚を動かし、また一瞬で距離を詰め、触手の口を斬り落とす。

しかし、また無理に動いたせいでバランスを崩し、両手両膝《りょうひざ》を地面に着けながら少し地面を引きずることに。

なんとか、転がらずには済んだが……ッ。

「アガト殿《どの》!!」

ガリが杖を構えているの目に入る。

なんで……こっちに杖を、向けてんだ……？

「────ッッッ!!!!」

瞬間、背中に強い衝撃《しょうげき》と、痛みが。

何本もの触手が、俺の背中に噛み付いてきやがった。

────ッッッ、あッ、がっ、……っッッッ!!!

痛みでまともに思考ができない。

頭が赤一色に染まったような感覚。

「ッッッッ!!!!」

さらに噛む力が強まった────所で、急に俺のすぐ上で爆発が起きた。

今の爆発は……ガリか?

爆発が起きた後、テンチが急いで駆け寄ってくる。

これまでのどの爆発よりも規模のでかい爆発。

複数の触手をまとめて処理するために、相当な無理をしたな……ッ。

おかげで、触手から解放はされたけど……おそらく、今のでガリは魔力《まりょく》切れ。頭痛で動けなくなってる筈────

「え？」

しかし、予想に反し、ガリはまだピンピンしていた。

これまでだったら、間違《まちが》いなく魔力切れを起こして倒れている場面。

ガリもまた、能力が強化されてる……ということか？

「────！　後ろォ‼」

だけど、そんな思考などすぐに吹き飛んだ。テンチの時と同様に、ゆっくりと口を開きながら迫る触手の姿がガリとリカの後ろに見えたからだ。

俺の声で二人共後ろを向き、そして、後ろに迫る触手を見て驚く。

だけど、いち早く我に帰ったリカが杖を振るう。

──瞬間、空中に浮《う》かぶ青い壁《かべ》が二人の前に展開された。

青く透《す》き通った色のレンガをいくつも乱雑に積み上げてできたような壁。少し丸みを帯びたそれが、触手の進行を止める。

あれは、リカが使える中で最強の防御魔術《ぼうぎょまじゅつ》『蒼壁巨人城《ブルー・タイテクト》』か。

リカが触手を止めた所で、その触手に向けて魔術の爆発を起こそうとするガリ。

──しかし、彼《かれ》はすぐにその行動を止めた。

どうして止まるんだ‼とは言えない。

だって……こんなの、止まったってしょうがないじゃないか……ッ。

いつの間にか、辺り一面には大量の触手が漂っていた。

その触手達《しょくしゅたち》は、こちらを見ながら嗤っている。

あぁ……うん、そうだよな。何を勘違《かんちが》いしていたのだろう。

こいつらは【危険度ランク】Sの怪物。人類全てが手を取り合って、やっと一匹倒《ぴきたお》せるかどうかの化け物だ。

そんな化け物相手に、何かできると思う方が間違っていたんだ。

こいつらからすれば、俺達なんてすぐに殺せる蟻《アリ》程度の存在でしかない。

――そう、いつでも殺すことができたのだ、こいつらは。

それでも、今、俺達が生きているのは、一重《ひとえ》に――こいつらの気まぐれでしかない。

こいつらの嗜虐心《しぎゃくしん》を満たすためだけに、俺達は生かされている。

玩具《がんぐ》なのだ、俺達は。ただされるがままの玩具。こいつらの退屈《たいくつ》を紛《まぎ》らわせるだけの、ただのおもちゃでしかない。

そんなの……そんなのって。

「――――！」

何かがヒビ割れる音がする。

音がしたのはリカ達のいる方向から。

「‼」

まただ。

これは……。

リカの防御魔術の方に目を向ける。

魔術の壁にヒビが入っている。

触手が、噛む力を徐々に強めているのだ。

まるで、柔《やわ》い物をゆっくり噛んで遊ぶように、ゆっくりと、ゆっくりと、触手が噛む力を強めていく。

それに比例して、どんどんとヒビ入っていく。

リカの顔に悲壮感《ひそうかん》が浮かぶ。

あの触手、リカの魔術ですら簡単に食い破れたんだッ！

クソッ、くそッ、クソぉ……！

ガリも魔術を撃《う》つ用意はしているが、壁に噛み付く触手か、比較的《ひかくてき》近くにいる他の触手に向けて放つかで迷い、魔術を行使できないでいる。

助、けないと……！

体を、起こして――

「……ッ」

動かない。

血を流し過ぎたか？　あばらも何本かイってる。

震《ふる》えるだけで、それ以上の行動《アクション》を起こせないッ。

ここで……終わるのか？　俺達の終わりが、これ……？

このまま仲間が喰われる所を黙《だま》って見てろと……そう言うのか？

「――――ッッッ」

ふ　ざ　け　ん　な　よ　ッ　ッ　ッ。

こんな所で終われるかよ!!

こんな、こんな所で……！　あとちょっとで、森から出られたんだ！　これから、俺達の新しい旅が始まる所だったたんだ！

それを、こんな……こんな、相手を見下すふざけた奴《やつ》に喰われて終わり？　そんなの、納得《なっとく》できるかァァ!!

動けよ、俺の体ァ！　動いて、あの触手どもを斬り裂けよ!!

触手全部斬って、仲間と一緒《いっしょ》に森から出るんだよ！

だから……だからァ！

動けよ――――!!!!

【ガリッスル視点】

俺がこのパーティに参加を決めた原因——それは、アガトだった。

当初、冒険者《ぼうけんしゃ》になり立ての俺は、たくましい筋肉を持った冒険者のパーティに入ることを希望していた。筋肉に憧《あこが》れ、筋肉をサポートするために俺は魔術を磨《みが》いていたのだから、これは当然の行動と言える。

しかし、学園を卒業した訳でもなく、高名な魔術師《まじゅつし》の弟子《でし》でもない俺を積極的にパーティに入れようとしてくれる冒険者はいなかった。そのため、当初は右往左往していたのを覚えている。

そこで出会ったのが——アガトだった。

早朝、街の中を走る彼。

俺が最初に見た彼の姿は、丁度、街の中で鍛錬《たんれん》に励《はげ》む姿だった。

街の中を走り込み。少し拓《ひら》けた所で筋肉鍛錬。

筋肉に対して真摯《しんし》な彼に、最初見た時から好感を持ったことを覚えている。

流石《さすが》に、それだけでは彼とパーティを組む気にはならなかった――が、それも、数日経《た》つ頃《ころ》には気持ちに変化が生《しょう》じていた。

あれから毎日、アガトは鍛錬を怠《おこた》らなかった。

鍛錬よりも魔獣《まじゅう》を倒した方が早く強くなれると証明された昨今、皆《みな》、この鍛錬を疎《おろそ》かにしがちだ。

しかし、その鍛錬を、アガトは一日たりとも怠らなかった。誰《だれ》に言われるでもなく、自主的に、そうすべきだと考え、行動し続けた。――自分が強くなるために。

その姿を見た時、俺は確信した――あぁ、こいつこそ、真の冒険者になる男だ、と。

曲げない強さ。それは俺には無い強さ。それと同時に――ずっと俺が欲《ほ》しいと思っていた強さでもある。

それを、彼はすでに持っていた。俺が目指す冒険者の資質を、すでに彼は持っていたのだ。

正直、嫉妬《しっと》したよ。でも、それと同時に憧《あこが》れた。俺もこうなれたらと、強く、強く想《おも》った。

■■■

パーティを組んでからも、彼のその強さは変わらなかった。

自分以外のことになると優柔不断《ゆうじゅうふだん》になりがちな彼だが、事自分のこと、また、誰かを救うことに関しては、途端《とたん》に頑固《がんこ》になる。どれだけ反対されようとも、絶対に意見を曲げず、自分が信じた道へと突っ走る。

呆《あき》れるほどに不器用で——そして、強い男。


彼ほど英雄に相応《ふさわ》しい男を、俺は知らない。


ここからだったんだ。

先程、アガトがクシナさんと話している時、彼の目を見た。

あの時のアガトの目を見て、俺は確信した。——ここから、俺達は良い方向に変わっていける、と。きっと、アガトがそう導いてくれると、確信した。

あの確信を、嘘《うそ》にはしたくない。――否、させない。

アガトは示した。血だらけになりながらも『仲間を守る』と示してみせた。

ならば、俺も全力で応える。全力で支える。

それこそが、このパーティでの俺の役割。それこそが、俺の存在意義。


俺は懐《ふところ》から一本の細長い容器に入った薬液を取り出し、飲み干す。

その瞬間、魔術の使用過多で痛み出していた頭の痛みがスッと引く。

魔術を行使するための力の源、魔力を瞬時《しゅんじ》に回復させる超高級《ちょうこうきゅう》アイテム・即時《そくじ》魔力《まりょく》回復薬。以前、たまたま手に入れることができたこのアイテムを、今使う。

一《いち》か八《ばち》かだ。本来、魔術師（魔術を扱《あつか》う者の意）数人がかりで発動する強力な魔術を、一人で発動させる。

俺が元々扱えていた魔術では威力も範囲《はんい》も足りない。ここから離脱するにはどれも力不足。

なら、可能性に賭《か》ける――ここから皆が生きて帰れる、唯一《ゆいいつ》の可能性に！

「リカぁ！　俺が合図したら、すぐにアガトの回復をしろ！　これを使ったら、間違いなく俺は倒れる！　だからァ！――後は頼《たの》むぞ」

俺の言葉に、三人共困惑《こんわく》しているのが伝わってくる。

だが、今は丁寧《ていねい》に説明している暇《ひま》は無い。

これまでの俺だったら絶対に発動できない強力な魔術の行使。これまでだったら、絶望的に魔力が足りていなかったため、絶対に発動できなかった。

だが、今は予感がある。これまでだったら発動と同時に魔力切れになっていた魔術を使ってても倒れず、それどころか何度も発動できた。今ならできると、俺《おれ》の予感が告げている。

俺はこれまで、俺の理想を代現できる誰かを支えるために、魔術の研鑽《けんさん》をしてきた。なら、ここで発動できなきゃおかしいだろッ。

杖の先端に魔力を溜《た》める。そして、その魔力を、一度に魔術へと変えるッ。

大量の魔力を魔術に変えた余波か、俺の周りの気温が一気に上がる。熱で蜃気楼《しんきろう》まで生まれてやがる。

「――――ッ」

クソがッ、魔力が暴れるッ。大量の魔力を魔術に変えるだけでも一苦労なのに、暴発しないように収縮もしなければならない。あまりに負担がかかることを同時にやっているものだから、頭が熱を持つ。そのせいか、鼻血まで出てきやがった。

でも、止まるかッ。絶対に、最後まで押《お》し通してやるッッ。

杖の先端が赤色に光り出す。

全ては、皆でこの森から出るためにッッ。

俺はその杖をそのまま上に向けて振《ふ》った。

俺の予想は正しかった。何故《なぜ》だか、俺の魔力貯蔵量が異常に増えている。――それも、こんな強力な魔術を一人で発動できるくらいに。

後は意地だ。意地だけで、俺は――この魔術を発動まで持っていった。


さぁ……降れよッ！

――『赤棘灼雨茎《グレン・シア》』ぁぁぁ!!!!

□□□

【リカード視点】

ガリさんが魔術を唱えた瞬間、上空に赤色の巨大《きよだい》な魔法陣《まほうじん》が出現。

そこから、ポツポツと、赤色の何かが渦《うず》を巻きながら落ちてきました。

あの赤色の正体、それは炎《ほのお》。なにものをも焼いて溶《と》かす炎の種。

あれに触れられたものは瞬時に発火。まるで花が咲《さ》くが如く一気に炎は対象を包み、燃え落ちるまで消えはしない。

その種火が雨のように降り注ぐ、大軍を退《ど》かすための戦略兵器――『赤棘灼雨茎《グレン・シア》』。

噂《うわさ》では、高名な魔術師が十人単位で集まってやっと行使できる魔術と聞いていましたが
……まさかそれを、一人で発動してみせるなんて。

流石に、普通の『赤棘灼雨茎《グレン・シア》』より規模は劣《おと》るでしょうが……それでも、十分過ぎる偉業《いぎょう》。土壇場《どたんば》で、こんな奇跡《きせき》を起こすなんて……！

「今だァ！　リカぁ！」

その声に、私は驚き、肩《かた》を跳《は》ねさせてしまいます。

鬼気迫《ききせま》るガリさんの声に突《つ》き動かされ、私は考える前にアガトさんの方へと走っていました。

そして、彼に回復魔術をかけます。

「ギイギャァァアアア!!!!」

「ギャアアァァアアアア!!!!」

どうやら、種火が触手の化け物に当たったみたいです。片っ端から奴らの体を燃やしていきます。

触手の化け物も、流石にこの熱は堪《たま》らなかったようで、どの触手も悲鳴のような声を上げています。

私達《たち》のことを嘗《な》めていたせいか、ガリさんの魔術の発動もニヤニヤと眺《なが》めていた触手の化け物でしたが、まさかあの種火も避《さ》けずに受けるなんて。

奴らが私達のことを想像以上に嘗めていたことで救われましたね。

「リカ、もう大丈夫《だいじょうぶ》だ」

「────え？」

アガトさんの声がして、私は彼の方に振り向きます。

すると、有言実行するように、すでに起き上がろうとするアガトさんの姿が私の目に映りました。

そんな……まだ魔術をかけてからそこまで経《た》っていません。そんなすぐに効き目が出る筈《はず》ないのですが……。

しかし、私の予測を裏切るように、アガトさんは動きます。どうやら無理をしている様子もありません。

一体、どうなって……？

「――」

そんなことを考えている間に、ガリさんが倒《たお》れました。

おそらく、魔力切れによって一時的に気絶したのでしょう。溜めていた魔力を全て上空の魔法陣へ持っていったのですね。

ガリさんが倒れても炎の雨は止まりません。ガリさんが持っていった魔力が無くなるまで、この雨は降り続けることでしょう。

炎の雨が私達に当たることはありません。ガリさんが上手《うま》く調節してくれたのですね。

「リカ！ ボーッとするな！ この機に森から脱出《だっしゅつ》するぞ！ ガリが作ってくれたチャンスを無駄《むだ》にするな！」

アガトさんの声で私の意識は現実へと引き戻《もど》されます。

そう……そう！ 考えるのは後！ 今は森から出ることだけ考えないと！

「――！ でもクシナ様が！」

「俺達じゃ何もできない！ それに、あの人は死んでも死なないような人だ！ きっと大丈夫だ！」

「――ッ」

「ここまで連れてきてくれたクシナさんの努力を無駄にする気か⁉　行くぞ！　ガリは俺が運ぶ！」

そう言うと、すぐにアガトさんはガリさんの下へ移動します。

そして、ガリさんを肩に担《かつ》ぐと、また走り始めました。

そうだ……ここにいた所で、私達じゃクシナ様を助けられない。アガトさんの言う通り、私達には逃《に》げるという選択肢《せんたくし》しかないんだ。

「………ッ」

それがどうしても悔《くや》しい。何もできない私が、どうしようもなく嫌《いや》になる。恩人を助けられない自分が酷《ひど》く情けない。

でも、それでも生きないと！

私とテンチさんもアガトさんの後に続きます。

この間にも種火は降り注ぎ続け、どんどんと触手を焼いていきます。

中にはすでに口の部分が焼け落ちたものまで存在し、『赤棘灼雨茎《グレン・シア》』の凄《すご》さを実感させられます。

いける……これならいける！　やっと、森から出られる。やっと、この死の森から生還《せいかん》できます！

光が近付くにつれ、私の中の希望も大きくなっていきます。

あと少し……あと少しで、私達は――

「え――？」

あと少しで森から出られる、という所で、私達は止まらざるを得ませんでした。

なんで……そんなッ、どうして⁉

私達の目の前に――道を遮《さえぎ》るように、一本の触手が伸びてきたのです。

私だけでなく、アガトさんもテンチさんも驚いた顔をしています。

「――ッッ」

嫌な予感がして、後ろを振り向きます。

そこには――

「ギギギィ」

「グギュギュギュゥ」

体が燃やしながらも平然としている触手が、私達の後ろに位置しています。心做しか、その口は嗤っているように見えました。

なんで……さっきまで、あんなにもがいていたのに。

……まさか、演技？　なんで、そんなこと……。

私達を、騙《だま》すために？

そんな……そんなのってッ。

ここにきて、炎の雨の勢いが弱くなっていきます。ガリさんが溜めた魔力が切れ始めたんだ。

そのせいで、触手がどんどんと再生していきます。

また、燃えながらも、普通《ふつう》に私達を囲む触手。

最悪な状況《じょうきょう》に、心が冷えていく。

初めから、私達の抵抗なんて意味が無かったんだ。

私達が何をした所で、この触手にはダメージを与《あた》えられない。

本当に……本当に、触手の道楽で私達は生かされていただけだった。

「……………くそッ」

アガトさんが心底悔しそうに呟《つぶや》きます。その顔は、どこか泣いてしまいそうで。

「アッ、あぁ……」

テンチさんは顔を青くし、立ち竦《すく》んでしまいます。

こんな……こんな、こんな、酷い終わり方、あるの？　あっていいの？

最初から最後まで、私達は玩具だった。最初から最後まで、嘲笑われただけだった。

感情は凍《こお》り付いたかのように動かない。
なのに、瞳《ひとみ》からは勝手に涙《なみだ》が溢《あふ》れてくる。
嗚咽《おえつ》も出ない。
あるのは絶望。
真っ黒な絵の具で塗《ぬ》り潰《つぶ》されたかのように思考が働かない。
体が動かない。頭が働かない。何も——できない。
目の前から大きな口が迫《せま》ってくる。
あぁ、私達は、今からこれに飲《の》み込《こ》まれて、それで——終わるんだ。
無感動に、それだけを感じた。

……。

………。

…………？

あれ？

目の前で開かれた口が、こちらに進んでこない……？

他の触手《しょくしゅ》に視線を移す。どの触手も私達の方を向いていませんでした。

どの触手も、地面に刻まれたとある亀裂《きれつ》の方を見て、固まっています。

何？　何が……？

「え⁉」

何が起こっているのか考えるよりも先に、触手達が一斉《いっせい》に見ていた亀裂の方へと一直線に向かっていきました。

どの触手も、危機感に煽《あお》られたように必死に戻っていくように見えます。

え？　え⁇　え⁇⁇

何がなんだか分からず困惑していると――

「ギギャアァアあァぁァアアアあアアアあアああアアアアアアあアア‼‼‼」

「キャッ！」

これまで聞いたどの悲鳴よりも一際甲高《ひときわかんだか》い叫声《きょうせい》が辺りに木霊《こだま》します。

何⁉

すると、触手達が潜《もぐ》っていった亀裂から、何者かが跳《と》び出してきました。

「……あ、あぁ……」

急速に、私を凍らせていた絶望という名の氷が解けていくのを感じます。

それは私達の近くに着地しました。

そして、背中越《ご》しにこちらに振り向いてきて。

「大丈夫？」

私達を見て、そう言うのでした。

それだけで私は安心し、心が温まっていきます。

先ほどとは別の意味の涙が流れ、安心して尻《しり》もちを着いてしまいました。

あぁ……良かった……良かったぁ……！

「ク、シ、ナ様……！」

# 2 希望と絶望

数分前――

「……ふぅ、やっと出れた」

今、僕《ぼく》は根元の上に立っていた。

どうやら、先程、僕を食べた触手の本体は地下を通っていたようで、巨大な軟体《なんたい》が、地面を掘《ほ》っては通りやすいように形を変えて移動している。

なんと言うか……ぶっとい一つの触手から何本もの細い触手が伸《の》びているような感じ。大きすぎて頭は確認《かくにん》できないけど、体は、上部に触手が生えたナメクジみたいだ。

僕、さっきまでこいつの体の中にいたのか。その証拠《しょうこ》に、今も体に粘着《ねんちゃく》した消化液が体を溶かしている。まぁ、今は再生速度の方が速くて、見かけ上は全く溶けているようには見えないんだけど。

思ったより、出るのに時間がかかちゃったなぁ。早く戻らないと。

こいつの消化液、本当に強力だったった。最初なんか一気に骨まで溶かされてたからなぁ。再生速度が消化速度に負けていた。だから、筋肉もまともに再生されなくて、殴《なぐ》っても全然、体を突き破《やぶ》ることができなかった。

「……」

でも、途中《とちゅう》から、その関係が逆転した。徐々《じょじょ》に、再生速度が消化速度を上回るようになっていった。

そして、最後には完全に再生速度が消化速度を上回り、前よりも強化された肉体が生成されて、こうやって無事に脱出できたという訳だ。

本当、なんなんだろうね、この『スキル』というものは。ほとんど肉体が残ってない状態からでも再生できたし、再生速度も上がるはで、謎《なぞ》が多い。

――まぁ、それはどうでもいっか。

僕は視線を奥《おく》に向ける。

おそらく、上ではアガトさん達が僕と同じように触手に襲《おそ》われている筈だ。今も彼らが生きているかは分からないけど……とりあえず、できる限りのことはやった、という事実は残しておかないと。

丁度、触手の本体っぽい所にいる訳だし、急いで心臓か核《かく》らしき場所を探して、そこを潰そう。

僕は根元の上を駆《か》け出した。

当然、そんな僕を触手達が自由にする訳がない。僕を止めようと四方八方から迫ってくる。

僕が化け物の中から脱出してからずっとこんな感じだ。

触手には、先端《せんたん》が目玉だけのものと、先端が口だけのものの二種類あって、目玉だけのものはこちらを見つけると――口だけのものは、よく見ると小さな鼻の穴が二つ空いていて、その鼻をひくひくさせると、凄い勢いでこちらに迫ってくる。

まぁ、触手一本一本はこの森にいるどの獣《けもの》よりも弱いから、簡単に殴り潰せる。だから、大して脅威《きょうい》にはなってないんだけどね。

僕は触手を弾《はじ》きながらどんどんと加速していく。

なんで、化け物のでかい体を殴りながら進まないのか――勿論《もちろん》、それには理由がある。

効果が薄《うす》いと思ったから。先程、化け物の皮膚《ひふ》を突き破って脱出した時、化け物は大してダメージを負っているようには見えなかった。中から貫通《かんつう》しているというのに、特に痛みで震えることはなく、悲鳴を上げる訳でもなく、しかも、何事も無かったかのように傷口を塞いでしまった。触手も沢山潰《たくさんつぶ》しているのに、化け物は気にする様子も無い。痛覚がないのかな？　よく分からないけど……あまり効果が無いなら、全速力で走る方が良い。

そして、触手を吹《ふ》き飛ばしながら進んだ訳だけど――――早速《さっそく》、弱点らしき部位まで辿《たど》り着いた。

なんか、体が異様に盛り上がってる。その肉の途中には紅の鉱石がへばり付いていて、暗闇《くらやみ》の中で怪《あや》しく光っている。もう見るからに弱点っぽい。心做しか、ここに近づくにつれ、触手の迫ってくる量が増えていったようにも感じるし。

僕は走る勢いを止めずに鉱石へ接近。盛り上がっている部分のすぐ近くで、鋭角《えいかく》に跳び上がった。

下から鉱石へ一直線に向かいながら肘《ひじ》を引き。

化け物が鉱石を隠《かく》すように、鉱石の周りの皮膚から複数の触手を生やし、何重にも鉱石を覆《おお》っていく。

――――関係ない。

僕は鉱石に向かって拳《こぶし》を振り抜《ぬ》いた。

「ギギャアァアあァぁアアアあアアアアあアアアアああアアアアアアアあアア!!!!!!!!」

化け物が悲鳴を上げる。

僕の暴力は化け物の耐久力《たいきゅうりょく》を簡単に上回り、化け物の体を破壊《はかい》した。僕の拳がめり込《こ》んだと思ったらすぐに皮膚が破け、大量の鮮血《せんけつ》をまき散らす。

化け物はその大きな体をのたうち回らせ、ここに来て初めて大きな反応を見せたのだった。

よし。

僕はその化け物の姿を確認すると強く屈《かが》み、一気に地表まで跳び上がった。

それだけで僕は空気の壁を易々《やすやす》と破り、一瞬《いっしゅん》で地の底から地表へ。そして確認。

アガトさん達がいるのを確認して、僕はその近くで着地した。

「大丈夫？」

触手がまだ生きていた時のことを考えて、念のため、僕が出てきた亀裂の方を向きながら、背中越しにアガトさん達の無事を確認する。

「クシナさん……！」

すると、リカードさんが尻もちを着く。涙を流しながら。でも、表情は明るい。

アガトさんとテンチさんも表情は明るい。

ただ、ガリッスルさんだけ気絶してるのが気になるな。

まぁ、とにかく、僕は間に合ったみたいだ。

よく生きてたなぁ。てっきり、もっと酷い状態になってるかと思ったんだけど……実は、アガトさん達ってけっこう強い？

僕がそんなことを考えていると――

「グルゥヲォオオオオオオオオオオオオオオオオオオオオオオ!!!!」

突然《とつぜん》、僕らから少し離《はな》れた森のどこかから、虎《とら》のような大きな咆哮《ほうこう》が聞こえてきた。

凄い圧だ。あまりに大き過ぎて、一瞬、地面が揺《ゆ》れたのではと錯覚《さっかく》してしまうほどの圧。

明らかに、触手よりもヤバそうな獣が近くにいる。

思わず口角が上がってしまう。

「……………ねぇ、アガトさん」

僕は表情を戻し、後ろにいる彼に話しかける。

「は、はい」

「護衛は森を出るまでって話だったよね。なら、ここまででいいかな？」

ここは森の出口付近。少し進めば、木々の無い平原が広がっている。流石にここまで来れば、無事に森を抜けられるだろう。

ただ、僕の提案が予想外だったのか、テンチさんとリカードさんだけは「え？」と言いたそうな顔を作っていた。

ただ、僕の提案を受けたアガトさんだけは、一度ハッとした表情をすると、すぐに真剣《しんけん》な表情を作り。

「……分かりました。ここまで守っていただき、ありがとうございました、クシナさん」

「うん」

礼と共に頭を下げながら、僕の提案を呑《の》んでくれた。

「ちょっ、なんで……！」

「そうですよ！　もう森の外は目の前なのに……皆で一緒に抜ければいいじゃないですか！」

テンチさんとリカードさんがアガトさんのことを非難し出す。

「これはクシナさんが決めたことだ。クシナさんの決意を踏《ふ》みにじる気か？」

「――――ッ」

アガトさんの言葉を受け、言葉に詰《つ》まるテンチさんとリカードさん。

というか……決意？

「クシナさん」

「何？」

「絶対、また会いましょう。俺、そん時はなんでも奢《おご》りますから。ですから……絶対、また会いましょう！」

「うん」

そう言うと、森の外に向かって走っていくアガトさん。どうやら、今のは別れの挨拶《あいさつ》だったらしい。

それを見て、僕とアガトさんが話している間に、潤《うる》んでいた瞳を隠すように目をこすっていたリカードさんは――

「絶対ッ、絶対ですよ！　クシナ様！　絶対……また……ッ」

アガトさんと同じように別れの挨拶を言いながらも、また涙が溢れそうになり、腕《うで》で目を隠す。

そして彼女《かのじょ》もまた、アガトさんの後を追って森の外へと走っていく。

「………」

最後まで何も言わずにこちらを見ていたテンチさん、だったけど。

「……クシナ、ありがとう」

彼女は、最後にそれだけ言って、アガトさん達の後を追い、森から脱出していった。

よし、これで心置きなく戦える！

さっき吠《ほ》えた奴は、一体どんな獣なのかな？

僕は期待に心を膨《ふく》らませながら、獣の声が聞こえた方に体を向け――

「――！」

突然、僕の体を二体の触手が貫通した。いや、貫通と言うより、僕の体とぶつかる直前に、減速せず通れるよう肉を喰《く》い空けられた感じだ。

こいつ……まだ生きてたんだ。

二本共、先端が口と鼻のみの触手だ。大量の涎《よだれ》を垂らしながら、血管を浮《う》き彫《ぼ》りにしてこちらに向いている。相当お怒《いか》りのご様子だ。

「――!?」

と、触手に意識を向けていたら、突然、物凄《ものすご》い衝撃《しょうげき》が僕と触手を襲い、その体を木っ端《こっぱ》微塵《みじん》に吹き飛ばした。

何!? 今の!!

僕は再生を始める。

衝撃が飛んできた方を見ると、そこには、衝撃が通った道を示すかのように、破壊の跡《あと》が残っていた。地面は抉《えぐ》れ、木々は粉々に砕《くだ》かれている。

そして、その道の先には――一匹《ぴき》の虎が佇《たたず》んでいた。

体高は、周りの伸びきった木々と同じくらい。約三、四メートルくらいか？

白い毛をベースとして、所々に黒い模様が入っている。

虎とはまだ五百メートルは離れているというのに、ここからでも十分に伝わってくる莫《ばく》大《だい》な圧。

ははは！　これは……凄いな。

気分が昂《たかぶ》るのを感じる。

そうだ……これだよこれ！　この感覚だよ！

これこそが……ひひひ！

「さぁ！　やろうか！」

僕は再生を終えると、嬉々《きき》としてそう虎に呼びかけていた。

□□□

【リカード視点】

「ここまで来ればッ、もう大丈夫か……！」

私達はとある平原の上で腰《こし》を下ろしていました。

ここは森より少し離れた場所。森が遠めにかろうじて見える場所。

私達はそこで休憩《きゅうけい》を取り始めていました。

この十日間、本当に気が抜けない状態でした。過去、これほど気を張り詰めていたことはありません。

なので、これまた過去に無いほど、私は気が抜けていました。他の皆さんも同様です。

今まで見たことも無いほど脱力《だつりょく》していました。

私達はそのまましばらく放心。

でも、しばらくしたら、皆さん現状を認識《にんしき》できるようになってきまして。

「やった……やったぞっ……！」

アガトさんがポツリとそう呟きます。

それを皮切りに、

「生きてる！　俺達《おれたち》は生きてッ、あの森を脱出したぁあああ!!!!」

私達は喜びを爆発《ばくはつ》させました。

先程まで私達がいた【危険度ランク】S『果ての災厄《さいやく》の森』――入ったら二度と生きては出られないと言われる、人にとっての禁域。

そこから生還した。生きて出ることができた。そのことが堪《たま》らなく嬉《うれ》しくて、私達は快《かい》哉《さい》を叫《さけ》びました。

「それにしても、本当によく脱出できたよな、俺達」

ひとしきり喜びを叫んだ所で、平常心が戻ってきました。

アガトさんが改めて、現状について口にします。

「クシナ様……大丈夫でしょうか？」

生きて帰れたことは嬉しい、それは私も一緒《いっしょ》です。

ですが、平常心に戻ったことで、一つ心残りがあることを思い出しました。

私達をあの森から出してくれた大恩人・クシナ様。

私達がこうやって生きているのは、一重《ひとえ》にあの方のご助力があったからです。

この十日間、あの方はほとんど寝《ね》ずに私達の護衛に徹《てっ》してくださった。そして、最後には、私達を森から出すため、自ら魔獣《まじゅう》どもの足止めに残ってくださいました。

あの方がいなかったらと思うとゾッとします。

そんな大恩ある方を森に置き去りにしてしまった。そのことが、私の心の中で引っかかっていました。

「大丈夫でしょ。あいつの力と再生力なら、魔獣から逃げるなんて訳ないわ。むしろ、心配する方が失礼ってものでしょ」

そんな私の言葉に返事したのは、意外にもテンチさんでした。

テンチさんの言葉を聴《き》いて、私もアガトさんも驚《おどろ》きます。

「あんなにもクシナさんに悪態ついてたクセに、どういう心境の変化だよ」

テンチさんの変わりように、アガトさんが茶かしにいきます。

テンチさんは顔を赤くしてそっぽを向き、

「う、うっさい！」

「……ふふふ」

その様子を見て、つい私は笑ってしまいます。

「……う、うぅ……」

と、そこで、ガリさんが目を覚まし始めました。

「――――！　ガリ！　大丈夫か⁉」

アガトさんが問いかけます。

「あ、アガト殿《どの》……？　ここは……？」

「森の外だよ！　お前があそこで時間を稼《かせ》いでくれたおかげで、俺達、無事に脱出できたんだよ！」

アガトさんの言葉に、私とテンチさんも頷《うなず》きます。

それを見て、ゆっくりとガリさんは顔を綻《ほころ》ばせていき。

「……そうか……そうだったでござるか……。それは……良かった」

ガリさんがそう言うのを聴いて、私達は互《たが》いに顔を見合わせ——そして、また一緒に笑顔《えがお》を作りました。


久しぶりの一息つける時間。私達はこれまでの鬱憤《うっぷん》を晴らすように、森でのことを思い出しながら、沢山沢山《たくさんたくさん》、話をしました。

やれ「クシナ様の登場は鮮烈《せんれつ》だった」とか、「あの魔獣は気持ち悪かった」とか、「よく魔獣の触手を斬《き》れたな」とか、「ガリさんの魔術《まじゅつ》は凄かった」とか——思い思いに森でのことを語っていきます。

本当に……本当に、とても濃《こ》い十日間でした。

きっと、過去にも未来にも、こんな濃い十日間を過ごすことはないでしょう。それぐらい、濃密《のうみつ》な時間でした。

そのせいか、私達の会話は、いつまで経っても終わる兆《きざ》しを見せませんでした。

「ん？」

そうやって、会話を続けていたら――そんなガリさんの声が聞こえてきて、私は彼《かれ》の方に視線を向けます。

「あれは……誰《だれ》でござるか？」

草原の向こう側を見ているガリさん。

私もそちらの方を見てみます。

すると、ガリさんの言う通り、誰かがこちらに歩いてくるのが確認できました。

「なんでこんな所に人が」

アガトさんもいつの間にか同じ方を向いており、疑問を浮かべます。

ここは比較的《ひかくてき》森に近い場所で、普通なら誰も近づかない場所なのです。

一体どうして、あの人はこんな所にいるのでしょうか？

いや、ここに居るだけならまだいいのです。私達と同じく欲をかいて、森の近場の草原に生える植物を採取しに来たという可能性がありますから。

ですが――あの人は、どんどんと森に近付いているのです。ありえないどころの話ではありません。

「こ、こっちに来るでござるぞ……！」

「おい……やばくねぇかこれ」

ガリさんもアガトさんも、向こうに見える人が森に近付いているのに気付き、動揺《どうよう》し始めます。

なんだか不気味で、大声で話しかける気は起きず、私達はしばらくあの人影《ひとかげ》を見守っていました。

ですが、向こうに見える人影はまるで私達のことなど気にせず、歩みを続けます。

気付けば――私達のすぐ近くまで、謎の男の人は来ていました。

一睨《ひとにら》みするだけで魔獣も射殺《いころ》せてしまいそうな鋭《するど》い眼光に、非常に整った美しい顔。

服装は、王族・貴族が礼式に参加する時に着るような華美《かび》な白の正装。

何より特徴的《とくちょうてき》なのは、太陽を反射して、常に眩《まばゆ》く光る金色の髪《かみ》。

こんな人がいたら絶対に忘れない。つまり、この人は――私達が活動拠点《きょてん》にしている街の人ではない。

「こん……まで……かり出す……………だ。いくら………であろうと……こんな不……許される……ない。かえっ……絶対に……くだ………」

この距離《きょり》になって初めて気付きました。この男の人は、歩きながらずっとブツブツと何かを言っています。

姿勢は堂々としているのに、それに反して陰口《かげぐち》を言う様はどこか歪《いびつ》で、より不気味さが増していきます。

男の人はもう、数歩進むだけで手が触《ふ》れる位置まで来ていました。

関わり合いたくない――生理的な嫌悪《けんお》と言うのでしょうか？　それを感じてしまい、私は男の人の前からどいていました。それは、アガトさん以外の二人も同じです。

しかし、アガトさんだけは別で――

「おい！　そっちは――」

アガトさんは、肩《かた》を掴《つか》んで森へ進む男の人を止めようとしたのでしょう。自分から危険な場所に進む人を放置することはできない、そんな所でしょうか？

ですが――

「え？」

そう声を漏《も》らしたのは誰だったか。

気付いた時には――男の人に伸ばしていたアガトさんの右手が消し飛んでいました。

文字通り、一瞬で消滅《しょうめつ》したのです。

それ以外の表し方が見つかりません。

目の前にいたのに、それ以外のことが分かりませんでした。


「――ッ⁉　～～～～ツッツッ‼‼」

アガトさんが一瞬遅《いっしゅんおく》れて自身の手が消し飛んだことに気付き、右腕《みぎうで》を掴んで蹲《うずくま》り出します。

「おい……お前、今、僕に触《さわ》ろうとしたのか……？　下賤《げせん》な人間風情《ふぜい》である、お前が？　その汚《きたな》い手で？　偉人《いじん》たるこの僕に？　触れようとした？　この肩に、手を置こうとしたのか？　僕と、同じ目線で、語ろうとしたのか⁇　今⁇⁇」

男が何か言っています。ですが、私にはそれが理解できませんでした。

それどころか、目の前で起こっている現状すらも、私には分かりません。

いいえ、起こっていることは分かっているのです。それは正しく把握《はあく》できています。ですが、何故《なぜ》こうなったのか・どうすればよかったのか・これから何をすればいいのか、それらを考えようにも頭が回らないのです。

簡単に言うと、私は混乱していました。

ただ、こんな状況の中で、ガリさんだけは違《ちが》いました。

唯一《ゆいいつ》、彼だけは、アガトさんを助けようと、魔力《まりょく》切れで頭が痛むのも我慢《がまん》しながら、杖《つえ》を構えて男に迫っていました。

「アガト殿!!」

それにつられて、テンチさんもナイフを取り出し、男に投げます。

ナイフの速度は、これまでに見たことないほど素早《すばや》いものでした。明らかに、テンチさんの肉体が強化されているのが分かります。

ガリさんもガリさんで、けっこうな移動速度でした。魔力切れで体を動かすのもつらい筈《ハズ》なのに、ここまでの速度が出せるとは。

ですが――――

先に男の頭に突《つ》き刺《さ》さる筈だったナイフ。しかし、それが男に到達《とうたつ》することはなく。

男の目の前で、文字通りナイフが止まったのです。空中で、何に触られる訳でもなく、不自然に止まったのです。

その後、男の近くまで来たガリさんが杖を振《ふ》り上げます。しかし、かなりの速さで移動したガリさんの姿を、男はしっかりと目で捉《とら》えており。

「――」

一瞬のことでした。

鈍《にぶ》く響《ひび》く音が聞こえたと思ったら、
まるで空気の重さに耐《た》えきれなくなったように――

ガリさんの体が潰れてしまったのです。

原形すら保てず、あれが一秒前までガリさんの体だったとは微塵も思えないほどグチャグチャに。

悲鳴すら上げることも許されず、呆気《あっけ》なく……本当に呆気なく、ガリさんは命を奪《うば》われてしまいました。

これをやったのは間違《まちが》いなくあの男です。ですが、何をしたのか全く理解できません。

人の命を奪ったというのに――男は、酷《ひど》く不愉快《ふゆかい》そうにガリさんだった肉塊《にくかい》を睨みつけていました。

テンチさんが脱力したように腰を落とします。

今起きたことの一部始終を見ていた私達《たち》三人は、少しの間、動けませんでした。

まるで、自分の中の何かが欠けてしまったような虚無感《きょむかん》……とでも言うのでしょうか。

脳が無意識の内に現実を受け入れるのを拒《こば》んでいたんだと思います。

今起きた出来事は、私達にとってそれほど衝撃的《しょうげきてき》なものでした。

男の前で静止していたナイフが粉々に分解されます。

このまま呆《ほう》けていては未来は無い――いち早く我に帰ってそれに気づいたのは、アガトさんでした。

「テンチ！ リカ！ 早く逃《に》げろぉおおお‼」

利《き》き手《て》ではない左手で、背中に背負った剣《けん》を抜き出しながら、私とテンチさんを逃がすため、時間稼ぎに移ろうとします。

しかし、刀身を少し鞘《さや》から出した所で、

「────!? がぁあぁぁああああああ!!!!」

今度は左手を、剣の柄《え》ごと消滅させられてしまいました。

立とうとしていたのに、消滅させられた痛みによって、アガトさんは再び地面に膝《ひざ》を着いてしまいます。

もう嫌《いや》！ こんなの現実だと認めたくない！

夢なら覚めて欲《ほ》しい。こんなの嘘《うそ》だと言って欲しい！

私は現実を否定するように首を振ります。

とにかく、ここに留《とど》まっては駄目《だめ》ッ。

「テンチさん！ 早く！ 早く立ってください！ テンチさん!!」

なんとかテンチさんだけでも一緒に逃げようと、必死に彼女へ声をかけます。

しかし、彼女にはまるでこちらの声が聞こえていないようで。

ただ、テンチさんは右手を前に伸ばすだけで。

「アガト……嫌……駄目……」

男がこちらを向きます。

「酷く不快ッ。まったくもって不敬ッ。この至高なる存在に歯向かって刃《やいば》を向けておきながら、急に戦意喪失《そうしつ》するその勝手さ！　どこまで我儘《わがまま》なんだお前らはぁ……！　目上の者は敬《うやま》う・目上の者には従う・目上の者を崇拝《すうはい》する――何故こんな当たり前のことができない⁉　何故偉人《なぜいじん》を敬えない！　何故自分本位に考える⁉　不快不快不快！　あぁあぁ！　どこまで言ってもキサマらは――」

男の人がこちらに左手を伸ばしてきました。

「――！　おい、やめろ……やめ――」

アガトさんが何かを察して、男の人を止めようとします。

しかし、その声がこの男に届く筈もなく。

「――愚物《ぐぶつ》――」

私の目の前にいたテンチさんが、潰《つぶ》されてしまいました。

ガリさんと同じように、原形など残らず。

私の頬《ほお》にテンチさんの血が飛んできます。

「あ………あ、あ……」

また、仲間が死んだ……。

私は腰が抜けてしまいます。

こんなの……嘘だよッ。

私には、もう――何も分からない。

同じようにテンチさんの死を防げなかったアガトさん。彼は最初、テンチさんだった肉塊を静かに眺《なが》めていました。

次第《しだい》に、彼の瞳《ひとみ》に涙《なみだ》が浮かんでいきます。

涙が溜《た》まり、瞳から溢《あふ》れた――瞬間《しゅんかん》、

「あぁぁあアあァアあああああアアア!!!!!!」

半狂乱《はんきょうらん》となり、彼は男に噛《か》み付こうとしました。

両手を失っていながら、それでも、男の首を噛み千切ろうと気概《きがい》を見せました。


しかし――

男に少し近付いた所で、アガトさんもまた、謎の力によって潰されてしまいました。

「……」

三度目の仲間の死。

もう……麻痺《まひ》していたんでしょうか？

最早《もはや》、私の心は動かなくなっていました。

視界はハッキリしている筈なのに、どこか白いモヤがかかっているような感じで、聞こえてくる音も遠い。まるで、水の中にいるみたい。

これは……なんなのでしょうか？

本当に、現実なのでしょうか？

ただ座《すわ》ることしかできない私に、男が近付いてきます。

「お前もお前だな。この僕が目の前にいるというのに見もしない。どこまで人を小馬鹿にすれば気が済むんだ、愚物共」

「……………」

「何もできないのならば、最初から何もするなよ。失敗したからもうやめます、なんて道理は通らないって何故分からない。そんなこと、子供でも理解しているだろうが」

何も、するな……？　私達は、何かしたでしょうか？

ただ、危ない方へ行くのを、止めただけ。いや、止めてすらいない。止めようとしただけ。

こんなことをされるほど、何かしたでしょうか？

「ふん、お前程度が出てこられるならば……所詮《しょせん》、その程度ということか。あの森も大したことないな。……チッ、ハディラーの奴《やつ》め、何が『森に転移させるだけで大丈夫《だいじょうぶ》』だ。全然大丈夫ではないではないか。おかげで僕《ぼく》がこんなにも不快な目にあった。最も尊ばれるべき、この僕がぁ！」

男が激昂《げきこう》する。でも、何に憤《いきどお》っているのかは全く分からない。

でも、思いっきり叫んだことで少しは溜飲《りゅういん》が下がったのか、男は顔を顰《しか》めながらも、それ以上怒鳴《どな》ることはなかった。

静かに、眉《まゆ》を顰《ひそ》めながら、私を見下ろしてくる。

「ふん」

男が右手を少し前に出す。

それだけで、私の左脚《ひだりあし》が、ふくらはぎの部分まで消し飛ばされました。

「〜〜〜〜〜〜〜〜ッッッッ!!!!!!」

突然の痛みに、私は蹲る。

やはり、男が何をしたのかまるで分からない。

「もういらないが……まぁ、保険は用意しておくか。多くて困ることは無いだろう」

男が何やらブツブツと言っている。

「女、これがお前への罰《ばつ》だ。精々噛み締《し》めることだな、同じ間違いをしないように。この世の中で一番偉《えら》いのはこの僕であると、忘れないように」

それだけ言うと、男はまた森の方へ向かって歩き始めた。

「チッ、ふざけやがって……どいつもこいつも……僕が一番強いという事実を、まだ分からないのか？　あぁイライラする……！」

男の愚痴《ぐち》が聞こえてくる。

けれど、私にそれを気にする余裕《よゆう》はありませんでした。

痛みで脂汗《あぶらあせ》が浮かぶ。

痛みに耐えながらも、なんとか私は目を開いていました。

男が私から遠ざかっていく。

「〜〜〜ッ」

意味、分からない……！

なんでッ、こんな⁉

こんなの……あんまりじゃないですか‼

痛みのせいで思考が追いついてきてしまい、遂《つい》に私の瞳から涙が溢れ始める。

なんで……ッ、なんで、なんでなんでなんで⁉　なんで‼

「うぅ、うッ、うぅう……！」

悔《くや》しさで唇《くちびる》を噛み。

悲しさで視界が歪《ゆが》み。

痛みで苦しくなる。

何故、このような理不尽《りふじん》を受けなければならないのか⁉

「～～～～ッッッ‼‼」

クシナ、様……。

最後に、私達をあの森から出してくれた大恩人の背中を思い出し――私の意識は途切《とぎ》れてしまいました。

## 3 神の獣と風虎

先端《せんたん》が口になっている三本の触手《しょくしゅ》が巨大《きょだい》な虎に迫《せま》る。

しかし、虎はあっさりと触手の動きを見切り、一瞬で触手の側面へと移動すると、三本まとめて踏み潰してしまった。踏み潰した後、追撃《ついげき》として虎の纏っている風が刃となって触手に迫り、触手の肉体をさらに細かく千切っていく。

そう、この虎は常に風を纏っているのだ。薄《うす》く緑色に色付いた特殊《とくしゅ》な風を――それも、触れるだけであらゆるものを簡単に切り刻んでしまうほどの凶悪《きょうあく》な風を。

その虎の左側面に僕は向かう。

走りながら拳《こぶし》を握《にぎ》り、肘《ひじ》を引いた所で急ブレーキをかけながら、最後に、急ブレーキによって逃《に》げ場《ば》を失った運動エネルギーを全て込《こ》めた拳を虎に突き立て――

僕の拳を、虎は少し跳《と》び、背中を丸めることで、本来、拳が当たる筈《ハズ》だった腹部の位置に空洞《くうどう》を作り、器用に躱《かわ》してみせる。

そして、そのまま空中で前左脚を薙《な》ぎ、僕の体を粉砕《ふんさい》していく。さらに風の追撃で僕の肉体はバラバラに飛ばされてしまった。

再び亀裂《きれつ》から触手が複数本飛び出し、虎に迫る。

しかし、虎はそれをものともせず。

虎は触手を前脚《まえあし》の爪《つめ》で切り刻みながら、亀裂の方へ前進していく。時に薙ぎながら、時に回転しながら、時に飛び掛《か》かりながら、虎は走行して亀裂との距離を詰めていく。

――――待ってよ。

そこで、再生を終えた僕が、笑いながら虎を追う。

お互いに音速を超えた速度。でも、触手を蹴散らさくていい分、僕の方が速い。

虎が亀裂まであと少しという所まで来たのと同時に、僕も虎との距離を詰め終わった。

再び拳を突き立てよう――――とした所で、

「――――！」

急に虎がこちらに振り向いてきた。

振り向くと同時に、強烈《きょうれつ》なエネルギーを有する何かを口から吐《は》き出し、僕の体を粉々に分解していく。

虎はそれで終わらず、その何かを吐き出しながら再び亀裂の方へ向き、亀裂から飛び出していた新たな触手までもあっという間に吹《ふ》き飛ばしてしまった。

まるで風の咆哮《ほうこう》だ。とてつもない風圧。食《く》らったら簡単に押《お》し潰されてしまった。

強烈……！

虎《とら》は咆哮を吐き出し終えると、即座《そくざ》に亀裂の方へ移動し、亀裂の中を覗《のぞ》き込む。そして、口を開けた。

すると、虎の口に向けてかなりの風が吹いていき――途中《とちゅう》で何故か薄緑《うすみどり》色に色付き可視化された風が、虎の口の中で収縮・圧縮され、一つの球体を形作った。正《まさ》しく風の球体。

それを作り出したと思ったら、それを虎は亀裂の中に吐き出した。

その後、虎が亀裂から距離を取ると――鈍い音と共に地面が揺《ゆ》れる。

おそらく、風の球体が地下で触手の本体に触れ、爆発した衝撃によるもの。

虎は亀裂を飛び越えながら百八十度回り、着地と同時に勢いを足で殺しながら、亀裂の様子を窺《うかが》う。

しかし、そんな虎の静観を許さず、今度は別の亀裂から飛び出した触手が虎を襲《おそ》い始めた。虎の左右二方向から、複数本。

「邪魔《じゃま》」

その、二方向から迫る触手の内、虎から見て右側から迫る触手を、再生を終えた僕が殴《なぐ》り、吹き飛ばしていく。

すでに、左側の触手は、虎が爪で蹴散《けち》らしていた。

虎が僕と視線を交《か》わす。

瞬間、僕達《ぼくたち》は互いに距離を詰《つ》め――

僕は相も変わらず右の拳を突き立てようとした。

しかし、その拳は、飛び越えられる形でまた躱され。

虎は着地と同時に身を捩《よじ》り、尾《お》を鞭《むち》のようにしならせることで僕の上半身を吹き飛ばした。その後、風の追撃によって下半身も吹き飛ばされる。

「ガルルルゥ……！」

僕と触手を吹き飛ばした後、忌々《いまいま》し気《げ》に周りの様子を窺う虎。

その虎がいる周りの地面から、急に八本の触手が飛び出し、虎を襲い始めた。

おそらく、地下を掘《ほ》って接近していたのだろう。

完全な不意――だと思ったんだけど……。

「ガァァァ……！」

虎の纏う風が急に荒《あら》ぶり出し――

虎を中心に、半球状の風の爆発が起きた。

まるで風による掘削《くつさく》。触手どころか地面までも風は削《けず》り、虎の周りにあるもの全てを塵《ちり》へと変えてしまった。

爆発の後、大量の砂煙《すなけむり》が舞《ま》い上がる。

砂煙が晴れ、虎が見せた表情は、怒りを表すそれのままだった。不意を突く攻撃《こうげき》すら完《かん》壁《ぺき》に対処してみせたというのに、誇《ほこ》りすらしない。まるで「当たり前だ」と言わんばかりだ。

強い……強いなぁ……！

僕は再生を終え、再び虎へと接近し出――

「――！」

虎に近づこうとした所で、横から触手に噛み貫《つらぬ》かれる。

しまった、触手のことが意識から薄れてた。

僕を貫いた触手とは別に、他の触手がさらに僕を貫き、僕の体を穴だらけにしていく。

そこを、間髪入《かんはつい》れずに虎が爪を下から薙いで風の斬撃を発生させ、触手諸共《しょくしゅもろとも》、僕の体を吹き飛ばした。

それでも、僕はすぐに再生を――

「――!?」

体が再生を試みた所で、虎はすでに口を開いて風の球体を作っており、その風の球体を放つことで、僕の体になる予定だった肉体を消し飛ばした。

今度は、あちこちにできた亀裂から多数の触手が姿を現し、虎へと迫っていく。

虎は回転切りの要領でその触手に爪を突き立て、同時に迫ってきた触手を切り裂《さ》き――

その後、風の追撃。切られた触手はさらに細かく裂かれ、触手の攻撃はまたしても虎に届くことは無かった。

風の追撃と共に虎が少し跳び上がる。

そして、とある伸《の》びてきた触手の上に着地すると、その触手を潰しながら行動を開始。

荒々《あらあら》しい動きで、爪を高速で動かしながら、触手どもを風と共に切り裂いていく。

一本では駄目だと悟《さと》ったのか、ここから触手は複数本が乱雑に絡《から》み合い、野太い一本の触手となって虎に迫《せま》り出した。

しなり具合は変わらず、純粋《じゅんすい》に力と体積だけを増した触手の突撃《とつげき》が虎へと迫る――が、虎の動きは変わらず。一本の時と同様に、爪で野太い触手を裂き、風によってさらに触手を壊《こわ》していく。

いいねぇ……いいねぇ！

やっと再生を終えた僕は、虎と触手の攻防《こうぼう》に混じろうと足を踏《ふ》み出す――

「――！」

が、少し近付いた所で、僕の視界からは虎で隠《かく》れていた触手が、虎の上を通過して現れ、ハイスピードで僕に迫ってきた。

その触手の存在に気づくのが遅《おく》れた僕は、野太くなった触手によって、胸ごと頭部を持って行かれる。

そして、虎と触手の攻防によって生まれた余波（ほとんど虎が発生させた風）によって、僕の体はまたしても吹き飛ばされた。

今度は、少し位置を変えて再生。

――だがしかし、虎は決して僕の存在を忘れてはおらず。

上半身ができてきた所で、背後に高速で迫ってきた虎によって、僕は殴り飛ばされた。

簡単に僕の体を押し潰すほどの圧を持った風が追撃としてやってくるので、僕の体はまたしても簡単に破壊《はかい》されてしまった。

今度は、さっきとは遠く離《はな》れた所で再生。

――しかし、今度は背後から触手が来た。

ほとんど再生を終えた所で、二本の触手によって両脇腹《りょうわきばら》辺りを貫かれる。まだ野太くなる前のものだから、触手による被害《ひがい》はそれだけだった――けど、その一瞬《いっしゅん》の隙《すき》により、虎がまたしても僕の近くに寄ってきており、虎は前右脚《みぎあし》で、僕の体を頭から踏み潰した。

追撃としてやってきた風によって、潰された僕の体はバラバラに散らされる。

そこからも、似たような展開は続いた。

虎と触手がやり合っている中、その周りで再生を試みる僕。

しかし、虎と触手は、再生中の僕を目敏《めざと》く見つけては僕の体を無遠慮《ぶえんりょ》に破壊し尽《つ》くしていく。

時には爪で裂かれ、時には口で肉を抉《えぐ》られ、時には尾で叩《はた》かれ、時には野太い触手に潰される。

あぁ強い……強すぎるよ……ッ！

再生する余裕も無い。

どちらも僕の体を簡単に破壊できる上に、僕よりも速度や手数が上回ってる。こんな素《す》晴《ば》らしい相手と戦えるなんて‼

胸の高鳴りがやまない。

「………」

だからこそ、もどかしい。

もっと……もっとだッ。もっと、この化け物達としのぎを削りたいッ‼　のに……‼

この再生時間がもどかしいッッ。

この再生時間のせいで、どうしても初動が遅れてしまう。相手に先手を許してしまう。

あの攻防の中に入るのを、許してもらえない。

こんなのあんまりだ。目の前に、あんなにも素晴らしいものがあるというのに……ッ、そこに手を伸ばせないなんて……ッッ。

あぁもどかしいッ、もどかしい！

もっと……ッ、もっとぉ……！

もっと速く！もっと速く!!

頼《たの》む……！僕も、あの中に――!!

もっとぉ……はやぁく!!!!


「――」


虎が再生中の僕を爪で裂き、僕のいた所を通過していく。

そのすぐ後ろで、僕はすでに再生を終えていた。

虎が初めて驚きを表情に出した。

破壊された瞬間に即時《そくじ》再生。高速なんてもんじゃない、一瞬だ。一瞬で僕の体は元の形を取り戻《もど》した。

これには流石《さすが》に、僕自身も驚《おどろ》いた。

「…………〜〜〜〜〜〜〜〜ッッッ!!!!!」

でも――――!!

そんな驚きよりも、これで戦いに混じれる――――その昂《たかぶ》りの方が勝った。

僕は即座に虎の背後から殴ろうと向かう。

そこを、横から触手に邪魔された。二本の触手が鳩尾《みぞおち》と横腹辺りを貫いてくる。

「――――!」

でも――――

僕は笑《え》みを浮《う》かべる。

貫かれた瞬間から即座に再生し、肉が触手を挟《はさ》む形となる。

まさか肉に挟まれるとは思ってなかったのか、触手の動きから、焦《あせ》っているのが伝わってくる。

僕はその触手を手刀によって斬り落とした。斬ったというより、殴り千切ったという方が正しい？

鮮血《せんけつ》を撒《ま》き散らしながら、先端の口部分と分かれる触手の胴体《どうたい》。

触手の残りが胴体に挟まったままの状態だったけど、構わず僕は虎の方に向き、再度突《とっ》進《しん》しようとした。

しかし、流石にその頃《ころ》には虎も体勢を整えており、虎の尾が鞭のように迫ってくる。瞬速《しゅんそく》の尾に高圧な風、またしても僕の体はバラバラに吹き飛ばされた――が、すぐに僕の体は再生を終える。

そして、すぐに虎への攻撃を再開した――が、流石はこの森にいる獣。もう即時再生には不意を突かれず、すぐに爪による追撃を行ってきた。

僕はそれをまともに受ける。それにより僕の体はまたバラバラにされるが、それも即時再生。

再び虎へ攻撃を仕掛《しか》ける。ほとんど虎の間近くで再生を終えることができたからこそ、今度は突きをくり出すことができた。

だが、それもバックステップで避《さ》けられる。虎は跳びながら口を開き、風の球体を準備し――即座に僕へ向かって放ってきた。

風の球体は僕とぶつかった瞬間、内包しているエネルギーを解放し、とてつもない爆風《ばくふう》を生み出していく。それに巻き込まれた僕は、当然のようにまた体を吹き飛ばされていた。

だけど、爆風が収まった後、僕はすぐに再生を果たす。

しかし、虎は着地後、すぐに走り始め、爆風が収まる前にまた口を開けて風の球体を準備しており。

僕が再生を終えた瞬間、また虎は風の球体を放ってきた。

一切《いっさい》、遠慮《えんりょ》の無い攻撃。そうこないとッ。

風の球体に構わず、僕は虎に追いつこうと同じ方向へ走り始めた。

直撃《ちょくげき》はしなかったものの、避けようとしていなかったので、風の球体が地面にぶつかって爆風を撒き散らした結果、その余波を受け、僕の体は半分ほど削られてしまう。

けれど、それも即時再生。

走りにほとんど支障をきたすこともなく、僕は走行を続けていく。

虎は間髪入れずに二発目、三発目と風の球体を作っては放ってきた。

次々放たれる風の球体。

僕はそれを全く避けようとせずに、余波を受けつつ、時に直撃も受けながら、それでも尚《なお》、走行を続けた。

そうやって走り続けていると——今度は、野太い触手達《しょくしゅたち》が僕と虎の前に立ち塞《ふさ》がってきた。

亀裂より這《は》い出た大量の触手達。それらが僕と虎を貫こうと迫ってくる——が、虎はそれらを爪で裂くことで、僕は片《かた》っ端《ぱし》から殴ることで難なく対処。

しかし、それで優位を譲《ゆず》る触手でもなく。

潰された瞬間から新しい触手が亀裂より這い出て、またしても僕と虎へ向かってくる。

圧倒的《あっとうてき》手数。ここまで潰しても尚《なお》生えてくるとなると、こいつらは無限に生えてくるのではないか？　と考えてしまう。

凄《すご》いなぁ……素晴らしいなぁ……！

僕は夢中になって触手どもを潰していた。

「────！」

そこで、横から虎が迫ってくる。

「ぐるるるぅあぁあああああ!!!!」

触手を裂きながら、まるで癇癪《かんしゃく》を起こした子供のように叫《さけ》び、僕に迫ってくる。

おぉ……！　マジかこいつッ。

触手に気を取られていた僕は、その虎の爪を簡単に受けてしまう。

でも、今はもう受けた所で問題は無い。

俺の相手もしろと言わんばかりに近付いてきてくれたんだ。なら、ご要望には答えないとッ。

僕は即時再生を行う。

「――――!!」

再生を終えた僕を待っていたのは――――虎の爪だった。

またすぐに僕の体は切り刻まれてしまう。

この虎、休むことなく前脚を振り回し続けてる。

まるで混乱でも起こしたみたいだ。狙《ねら》いも無く暴れ回ってるようにしか見えない。

でも、意外にもこれが効果的で、こっちは即時再生してるのに、再生した瞬間からまた壊されてしまう。壊されては裂かれ、壊されては潰され、壊されては吹き飛ばされ――――全く攻勢《こうせい》に移れない。

それは触手も同じで、僕も触手も一方的な蹂躙《じゅうりん》を受け続けた。

最後に、虎は口から強烈な風の咆哮を吐き出しながら回転して――――僕とここら一帯にいた触手ども全てを吹き飛ばした。

「ぐるるぅ……ぐるるぅ……ぐるるるぅ……!」

流石に動きすぎたのか、虎が肩《かた》で息してるように見える。

でも、その成果はあったのか、辺り一帯白い煙《けむり》に包まれて視界は悪いが、今の所、新しい触手の姿は確認《かくにん》できない。

すごいなぁ……虎の周りには、もう樹木どころか草花一つ無い。

僕は虎より少し離れた所で再生を終えていた。

体全て塵レベルに吹き飛ばされたにも関わらず、即時再生を行えている。

口角が思わず吊《つ》り上がってしまう。

足を踏み出し、僕はまた虎への突撃を開始した。

空気の膜《まく》を破るような感覚を覚えながら音速を超え、一気に虎との距離《きょり》を詰めていく。

背後から迫る僕に、虎は一切反応を示さない。

今度こそ当たる！

そのことに昂りを覚えながら、僕は虎に向けて拳を突き立てようとしていた。

「――――！」

まるで、その僕の攻撃を待っていたかのように、僕とは虎を挟んで反対側にある亀裂からまた新しい触手が複数本、這《は》い出てきた。

触手は全て虎に向かっている。とりあえずは虎を先に仕留める算段かな？

僕と触手が挟み撃《う》ちをするような形。

虎はその場から動こうとしない。

けれど、そんな触手の動向や虎の様子などお構いなく。

僕は僕でやりたいことを――攻撃を、断行しようとしていた。

「――！」

もう少しで攻撃が当たる――そこまで来た所で、突然《とつぜん》、虎の纏っている緑がかった風が荒ぶり始めた。と思ったら、急に全ての風が上へと向かい始め、僕を阻《はば》む障害として立ち塞がる。上へと向かう風は鋭利《えいり》な刃と同等で、僕の攻撃が虎へと当たる前に、僕の体を縦に刻んでいった。

触手どもも、向かった触手から斬《き》り刻まれていってる。

また、風の爆発《ばくはつ》……？　でも、さっきと違《ちが》うような……？

砂煙が舞う中、僕は虎から少し離れた所で再生を終えていた。

虎を中心に起きた風の爆発。これはさっきと変わりない。

でも、これまで受けた風の爆発は、細かい針を隙間《すきま》なく無数に飛ばしている感じで、相手を削り取るような爆発だった。それなのに、今のは、細かな斬撃をいくつも飛ばすような感じで、削るや吹き飛ばすよりも『斬る』に要点を置いた爆発だった。

その違いが少し気になって、僕は虎の様子を観察していた。

煙が晴れる。

「――」

わぁお……。

改めて姿を現した虎は、さっきまでとはまるで違う風貌《ふうぼう》をしていた。

さっきよりも色が濃《こ》い風を、隙間なく纏っている感じ、とでも言えばいいんだろうか？

緑がかった白い風を体全体に纏わりつかせている。

まるで風の衣《ころも》だ。

顔面すらも風で覆《おお》っていて、さっきよりもおどろおどろしい見た目になっている。

凄いなぁ……。


「────！」


虎が前左脚を挙げる。

招《まね》き猫《ねこ》の要領で足首を曲げた────と思ったら、急にそれだけで風の斬撃が飛んできた。

さっきよりも威力《いりょく》が高い！

飛んできた斬撃は虎の爪の数と同じ三つ。それが一瞬で飛んできて、その内の一つが僕の体を簡単に二つに裂いていった。

斬撃はそれだけで止まらず、後ろの地形すらも破壊していく。

被害範囲《ひがいはんい》がさっきの倍……いや、三倍はあるか？

分かりやすいパワーアップ。

いいねぇ……いいねぇ！　そうこなくては！

すぐに再生をして、虎に攻撃を仕掛けようと体勢を整える。

「――――！」

そうしようとした所で、僕より先に触手どもが行動を起こした。

また地面から虎を囲むように飛び出し、虎に突進《とつしん》していく。

「……………」

しかし、その触手を見ても、虎に慌《あわ》てる様子はなく。

風の衣に、触手がぶつかった――――瞬間、

「は？」

触手の方が細かく切り刻まれ、触手の攻撃が無効化されていた。

あの衣、斬撃みたいなものなの？

残った突進の勢いすらも風の衣に弾《はじ》かれている。

えぇ……？　やばッ。

それを見て、僕は圧倒的な実力者に絶望――――することは無く、逆に気分が高まっていた。

僕の感情が凄い勢いで躍動《やくどう》しているのを感じる。心臓の鼓動《こどう》がうるさい。

虎を見て、興奮が止まらないッッ。

そんなことを考えていると、一瞬で虎が距離を詰めてきた。

ただの突進。しかし、風の衣を纏った今、相手を分解しながら吹き飛ばす凶悪な攻撃になっている。

「――――！」

僕はそれを避けようともせず、まともに食らった。

さらに、僕を吹き飛ばした後、前左脚で横薙《よこな》ぎ。地形がメチャクチャに破壊されていく。

すぐに再生しようとしていたから、横薙ぎを食らってしまった。

そこで虎は方向転換《てんかん》。

すでに亀裂から新しく這《は》い出ていた触手群に向かって突進していく。

触手も僕同様に、突進を食らったそばから分解され吹き飛ばされている。

四方八方から生えている触手に向かって、縦横無尽《じゅうおうむじん》に走り回る虎。その虎の突進を止めようと他の触手が向かうが、その触手すらも切り刻まれて吹き飛ばされていく。

しかも、虎は突進しながら爪も振《ふ》り回しているため、その度に風の斬撃が発生して、触手だけでなく地形への被害もえげつないことになっている。更地《さらち》にされた大地が今や凸凹《でこぼこ》だ。

突進しては複数の触手を吹き飛ばして止まり、また方向転換して新たな触手へ飛びかかる。

その合間合間に放たれる風の斬撃が地味に僕にも届いているため、さっきから何度も近付こうとしているのに、中々近付けない。

しかし、これだけ破壊されても一切減らない触手。

「ガァァァ!!」

虎が怒《いか》りで吠《ほ》える。

流石にこれでは埒《らち》が明かないと思ったのか、突進はやめずも爪の振り回しはやめる虎。

再び虎の突進。しかし、今度は途中で方向転換することなく、触手の根元へ繋《つな》がっている亀裂へ一直線に向かっていった。

触手が何本も集まり、虎を止めようとする――――が、風の衣を纏った虎には効果が無く。ほとんど抵抗《ていこう》できずに亀裂への接近を許してしまっていた。

亀裂まで来た虎は、移動時に準備でもしていたのか、いきなり亀裂に向かって風の咆哮を送《おく》り込む。

破壊の暴風を吐き出しながら、今度は亀裂に沿うように、虎は走り始めた。

「ギィギャアアァぁアアアアアアアアアアアアアアアアアアアア!!!!!」

いくら無限に触手を生やせる化け物といっても、流石にこの攻撃は堪《たま》ったものじゃなかったらしい。大地を轟《とどろ》かすほどの悲鳴を上げる。

悲鳴が上がってから、さらに虎へと向かう触手の数が増えたが、風の衣のせいでそれらが届かないのをいいことに、虎は亀裂へ凶悪な風を送り込み続ける。そして、亀裂の終わりまで走り終えたら、今度は別の亀裂へ。

そこでもまた同じように風の咆哮を吐き出す。

さらに触手の化け物の悲鳴が上がった。

こうなってから、触手は僕の方へ全く向かってこなかった。それどころじゃないという訳だ。

でもさ——

僕は走り始める。

僕も入れてよ。

一気に虎との距離を詰めた。

そして、風の衣なんかお構いなしに、虎に向かって殴り掛かる。

「——！」

虎は一瞬で近くにやってきた僕をすぐに見つけ、吐き出し続けていた風の咆哮をこちらにも放ってきた。

うわッ、反応はやッ！

風の咆哮によって僕の体はまたしても吹き飛ばされてしまった。

そこで虎は風の咆哮を一時中断。

下を向くと、またすぐに、今度は亀裂の入っていないただの大地に風の咆哮を吐き出した。

大地が揺れ、衝撃《しょうげき》が四方八方へと飛び散る中、一つの大穴が虎の間近《まぢか》にでき上がる。

虎は何を思ったのか、その中に飛び込んだ。


「――――！」


瞬間《しゅんかん》、地中に潜《もぐ》った虎を中心に、半径百メートルほどの風の爆発が起きた。

これまでとは比べ物にならないほどの衝撃が辺りに伝わってくる。

これ、もしかしたら、ビルとかも簡単に跡形《あとかた》も無く吹き飛ばせるんじゃ？

そんな馬鹿げた発想が浮かぶほどの強烈な衝撃。それになんとか吹き飛ばされないように堪《た》えながらも、僕《ぼく》は風の爆破《ばくは》によってどうなるのかを見続けていた。

爆発が収まると、白い煙が辺りに立ち込める。

その後、煙が晴れてくると――

「――」

巨大なクレーター？　とでも言えばいいのかな？

抉られた大地が抉れていた。

これは……流石に触手の化け物も殺《や》られたかな？　もし、あそこに核《かく》があったなら、間《ま》違《ちが》いなく死んでる。

僕は虎を見据《みす》える。

「……」

虎もこっちに視線を向けてきていた。

「残りはお前だけだ」とでも言っているのかな？

ふふ……。

思わず笑みがこぼれてしまう。

圧倒的強者である虎が、弱者でしかない人間の僕を敵として認識《にんしき》している。これが笑わずにはいられるだろうかッ。
触手の化け物を僕の手で潰《つぶ》せなかったのは残念だけど……虎が僕一人に集中してくれるというのなら、これはこれで――

「~~~~ッッッ」

気分が高揚《こうよう》する。
僕は足を踏み出した。
それに合わせて、虎も一歩前へと踏み込んでくる。
さぁ、続きだ――。

僕と虎が、同時に距離を詰めよう――とした所で、

「ギィギュウゥウヴオアァァァアアアアアアス!!!!!」

「――!?」

突然、大地を振るわすほどの叫声《きょうせい》が聞こえてきた。

ほぼ反射的に、僕と虎は身構える。

一体なんだ……？

叫声がやんだ後も、大地の震《ふる》えは収まらない。まるで、これから現れるものに恐《おそ》れをなしているかのようだ。

大地も恐れるほどの悪魔《あくま》……どんなやつなんだろう、それは。

さらに地震《じしん》が強くなった所で、僕と虎より少し離れた所から一本の太い触手が生えてきた。

まだ生きてたのか、こいつ。

僕は触手の化け物が生きていたことに驚く。

「……？」

しかし、再び姿を現したこいつは、様子が違っていた。

まず、さっきまで地表に露出《ろしゅつ》させることは無かった紅の宝玉をこれでもかと見せつけている。しかも、それはさっきまで淡《あわ》い光しか発していなかったのが、今では上下左右に大きく光が伸びるほど発光している。

触手《しょくしゅ》一本一本の様子も変だ。先端《せんたん》が口だけのものは、赤い電気のようなものを周りに迸《ほとばし》らせている。先端が目玉だけのものは、その瞳《ひとみ》を閉じ、先から半透明《はんとうめい》の刃《やいば》を生み出していた。三角形っぽい赤色の刃。相当激しくエネルギーを放っているのか、刃の中のエネルギーの流れがよく見える。

恐らく本体であろう一際《ひときわ》太い触手の先からは、空に向かって勢いよく赤黒い霧《きり》が噴出《ふんしゅつ》されている。それの影響《えいきょう》で、空が不気味な色へと変化していた。

なんだこれ……？

僕と虎は、触手がいきなり様子を変えたことで驚き、立ち止まっていた。

□□□

そ[redacted]獣《けもの》は、自[redacted]に[redacted]し[redacted]化[redacted]てき[redacted]では[redacted]い。

[redacted]が[redacted]を[redacted]た[redacted]に創《つく》[redacted]生物[redacted]。

他の[redacted]を[redacted]、[redacted]実に進[redacted]る[redacted]の根。

[redacted]も森に[redacted]み、[redacted]ンクの[redacted]獣を食[redacted]けたその[redacted]は、すで[redacted]へ[redacted]する[redacted]ている。

[redacted]を[redacted]、[redacted]滅を願[redacted]その[redacted]は、[redacted]り方に最も[redacted]いる[redacted]言っても[redacted]では[redacted]い。

■■の神・テ■■テ■テ■アに■■■しそ■■の名は——ブ■■ラ■■ロ■ト。
全て■■■■み、全■を■き■すま■、その■は止ま■■■。

自分■■■られた『■■■』を終え■■で、決■て止ま■こと■■いのだ。

□□□

僕達に、多数の口だけ触手が向けられる。

触手が口を開いたと思ったら、

「——！」

いきなり赤色のレ、、、、ーザ、、、ーがこちらに向けて放たれた。

ギリギリ僕が視認《しにん》できるレベル。

とんでもない速度で迫《せま》るそれに呆気《あっけ》なく撃《う》ち抜《ぬ》かれて、僕の体は一瞬でボロボロになった。

虎《とら》はレーザーが当たる直前に移動し、上手《うま》くレーザーを避けている。

直線で飛んでくるレーザー。超高熱《ちょうこうねつ》のそれは、あらゆるものを一瞬で融解《ゆうかい》する。僕の体

は勿論《もちろん》、地面すらも簡単に融解し、そのせいで地面には何個もの深い穴ができあがってい
た。

レーザーを避けて駆《か》ける虎。その虎に、他の触手が向き、またレーザーを放ち始める。

ハッキリ言って、あのレーザーを視認してから躱《かわ》すのは不可能だ。あれを躱すには、気配を察知して、放たれる前に動き始めるぐらいしないと。

えげつないなぁ……こんなレーザーを放つ触手も、それを全部躱す虎も。

虎はジグザグに走行しながらレーザーを躱していく。

その虎の進行方向を読み、触手が虎の前にもレーザーを放ち始める。

しかし、それすらも察知して、虎は方向転換。

なんと、あのレーザーが降《ふ》り荒《あ》れる中、虎は触手の本体へ向けて距離を詰めていく。

「ガァアアア……！」

しかし、何度も懲《こ》りずに放たれるレーザーが流石にうざくなってきたのか、虎が反撃《はんげき》を始める。

前脚《まえあし》を交互《こうご》に振るっていき、風の斬撃を触手へ向けて放った。

風の斬撃は、触手の先端と本体を繋ぐ導線部分とでも言えばいいのかな？　そこに触《ふ》れた瞬間、綺麗《きれい》に切断する。

どうやら、触手の硬度《こうど》はさほど変わっていないらしい。

虎はレーザーを掻《か》い潜《くぐ》りながら、両前脚を振るい、触手を斬り落としていく。

それを受けて、今度は、目を閉じ、先端に刃を形作るようエネルギーを放出している触手を虎へ向かわせた。

虎を斬ろうと、何本もの触手が鞭《むち》のように迫る。レーザーもやんでいない。

しかし、それすらも虎に届くことは無い。当然だ。地面を簡単に切断する鋭利さは流石のものだが、レーザーよりも遅《おそ》い攻撃が虎に届く筈《はず》がない。

攻撃の手数が増えたのは確かだが、その程度では虎に傷を負わせることはできない。虎は攻撃の中を掻い潜りながら、時には爪《つめ》を振るい、時には尾《お》で打ち、確実に触手を潰していく。

しかし、触手の化け物は、落とされたそばから新しい触手を生やし、攻撃の手を緩《ゆる》めない。まるで、攻撃の雨……いや、嵐《あらし》だ。

凄い勢いで地面が破壊されていく。

人智《じんち》を超《こ》えた二体の猛獣《もうじゅう》の戦闘《せんとう》。まるで天災のようだ。

戦闘はやや虎の方が優位に進めているように見える。

虎は爪と尾、そして風を使って、攻撃《こうげき》を仕掛けてくる触手を潰し、嵐のように続く攻撃に隙を作った。

その隙に、虎が触手の本体に顔を向けて、口から強烈《きょうれつ》な風の咆哮《ほうこう》を放った。

緑がかった強烈な衝撃が、道の途中《とちゅう》にある触手どもを破り潰しながら、触手の化け物、その本体に迫る。

もし、あの本体の強度も触手と変わらないのであれば、これで決着だ――――そう思っていたら、

「――――!?」

突然、地中から先端が鋭《するど》いだけの触手が二本出現。

その触手どもは互《たが》いに赤いエネルギーを身に纏《まと》っており、地表へと出た瞬間、エネルギーが引かれ合うように伸び、まるでテニスコートのネットのように二本の触手の間にエネルギーの壁《かべ》ができあがった。

全てを吹《ふ》き飛ばし破壊する風の咆哮が、急に現れたエネルギーの壁に激突《げきとつ》。その後、巨《きょ》大《だい》な爆発を起こし、風は辺り丸ごと吹き飛ばした――――が、そんな破壊の暴威《ぼうい》の中、エネルギーの壁だけは健在だった。

爆発の後に立ち込《こ》めた煙が晴れると、爆発前と変わらずに張られている壁がそこにはあった。

そう、この凶悪《きょうあく》な虎の風をもってしても、エネルギーの壁は破られなかったのである。

当然、その壁に守られた本体も無傷。

まさか防がれるとは思っていなかったのだろう、虎はそのことに一瞬、驚き硬直《こうちょく》してしまった。

その隙を逃《のが》す触手ではない。

再び生やされた複数の触手は、虎に向けてレーザーを放とうとする。

……でもさ。

僕は思いっきり空を殴《なぐ》る。

僕に殴られた空間は、そのまま凄い勢いで飛んでいく衝撃となり、触手へと向かっていく。

触手がレーザーを放つ前に衝撃がぶち当たり——先端と本体を繋ぐ導線部分が破られることになった。

僕もいるんだよね。仲間外れにしないでよ。

触手がこちらの存在を改めて認識する。

そのことを確認すると、僕は大きく口角を吊り上げた。

さぁ！　来てよ！

僕は触手の本体に向かって突進し始める。

それを阻止《そし》するため、複数の触手が僕に向けてレーザーを放ち始めた。

僕にこのレーザーを回避《かいひ》する術は無い。

走りながらそれを受けることになり、体の様々な部分を焼き取られてしまった。

――しかし、即時再生。

まるで何事も無かったように、ほとんど勢いを弱めることなく、僕は走りを継続《けいぞく》する。

何度も何度も触手は僕に向けてレーザーを放ってきた。その度に僕の体はどこかしら削《けず》られたが――時には脚《あし》さえも焼き取られることもあったが、それでもすぐに再生し、化け物の本体へと距離を詰《つ》める。

そして、本体の根元まで来た所で――それに向けて思いっきり殴った。

「――!」

しかし、拳《こぶし》が当たる直前、地中からさっきと同じような二本の触手が出現。

エネルギーの壁を作り、僕の攻撃を阻む。

僕の拳とエネルギーの壁がぶつかった瞬間、

「――!!!!」

円状に凄い勢いで余波が周りに伝わっていった。

拳を壁から離《はな》す。

岩犀《さい》すらも倒《たお》せるようになった僕の攻撃でも、壁を破壊《はかい》できなかった。

せいぜいヒビ（？）が入った程度。

嘘《うそ》だろ……？

驚きで止まった僕に対して、複数の触手がレーザーを放ってくる。

それによって、僕の体にまたどんどんと穴が空けられ、バラバラに破壊されていく。

攻撃も防御《ぼうぎょ》も格段にレベルが上がってるんだけど。

「……………」

やばすぎッ。

□□□

あれからも戦闘は続いている。

僕と二体は休まずにずっと攻撃を続けていた。

しかし、触手はエネルギーの壁を作り続け、虎は全ての攻撃を避け、僕は攻撃を食《く》らっても すぐに再生し――戦況《せんきょう》は一向に変化せず。

複数の触手が僕を目掛《めが》けて、口を開きながら迫ってくる。

隙《すき》を突《つ》こうと、触手の本体を中心に円状に回っていた僕は、それに抵抗できずに噛《か》み付かれてしまう。

噛み付かれた瞬間――――爆発。

まるで、制御《せいぎょ》できないほど莫大《ばくだい》なエネルギーを先端に集め、暴発させたみたいだ。

触手の先端諸共《せんたんもろとも》巻き込む派手な爆破が、赤い雷《かみなり》を迸らせながら大地を揺《ゆ》らす。

それでも、僕はすぐに再生して走行を再開する。

爆発を起こした触手の方を見てみると、見事に先端が吹き飛んでいた。傷口はボロボロ。

普通《ふつう》だったら、あの触手はもう使い物にならない。

けれど、急に、傷口辺りの肉が膨張《ぼうちょう》し始め、みるみると元の形へ戻っていった。

なんという再生能力。これまで、先端を潰されたどの触手も一度亀裂《きれつ》の中へ戻っていたが……戻った後で再生し、またこちらに攻撃を仕掛けてきていたのかな?

再生を終えた触手が、こちらに向いて口を開く。また僕に向かってレーザーを放ってきた。

虎も僕と同じように円を描《えが》くように走っている。

降り注ぐレーザーを上手く避けながら、口を開け、風の球体を準備し、何度も触手の本体に向けて球体を放つ。

しかし、一対の触手によって作られるエネルギーの壁が何個も作られ、風の球体は完全に防がれていた。

今度は、虎とは反対方向に走っていた僕が、虎の真正面から迫り、攻撃を仕掛ける。

これは虎と僕VS触手の二対一の共同戦線ではなく、虎VS触手VS僕の一対一対一のバトルロワイアル。触手に攻撃をすれば、虎にだって攻撃を仕掛ける。

僕は拳を握《にぎ》り――

食らえよッ。

「――――!」

レーザーを掻《か》い潜《くぐ》りながらだというのに、虎は完璧《かんぺき》に僕の動きを読み、跳《と》ぶことで僕の拳を紙一重で回避。そのまま空中で回転して、何度も爪を振るって風の斬撃を作り出し、触手や僕を切り刻んでいった。

流石《さすが》……ッ!

けれど、触手の本体はまたしても新しい触手を生み出すことで、僕はすぐに再生することで、何事も無かったかのように戦闘へと戻《もど》る。

でも――

全く戦況の変わらない状態にうんざりしたのだろうか。

虎はまたすぐに走り出し、体を回しながら辺りにいる触手を一掃《いっそう》して、
いきなり大地を轟かすような雄叫《おたけ》びを上げると、前両脚を振り上げる。

「グルゥアアアアアアアアア!!!!」

そして、まるで癇癪を起した子供のように、三度地団太をくり返した。

これまでのどの斬撃よりも大きな三つで一対《つい》の風の斬撃が生じ、触手の本体へと迫る。

当然、これまでと同じように、地中から二本の触手を生やし、エネルギーの壁を作り出す触手の化け物。

風の斬撃がエネルギーの壁にぶつか――

「――!」

エネルギーの壁に亀裂《きれつ》が生じる。これまで、僕の拳でしかヒビが入らなかったのに。

しかも、虎は地団太を三回踏《ふ》んだ。触手の本体に迫る三対一つの風の斬撃も、三つ飛んでいっている。

すぐに二つ目の斬撃が壁にぶつかる。それによって、さらに壁の亀裂が大きくなった。

けれど、まだ壁は耐《た》えて――

三つ目の斬撃が激突。エネルギーの壁が壊された。

わぁお……！

ガラスの破片《はへん》のようにエネルギーが飛び散る。

触手の守りが崩《くず》れた。

虎はその隙を逃さず、これまでより一際荒々《あらあら》しい風の咆哮を放つ。

咆哮の余波で大抵《たいてい》のものが吹き飛び。

凶悪な風は触手の本体へ向かって。

また新しく生えてきた触手の作ったエネルギーの壁にぶつかった。

そこで爆発が起き、強烈な衝撃と大量の煙が辺りを襲《おそ》う。

「「――――」」

は……？

思わぬ結果に、僕と虎は一瞬《いっしゅん》固まってしまった。

なんだそれ、壊した壁のすぐ後ろに新しい触手が生えてきて、新しいエネルギーの壁を形成したぞ。

「……ッ」

でも、一度壊《こわ》れたのは事実。

僕はすぐに態勢を整え、右の肘《ひじ》を引く。

煙が晴れ、ヒビだらけの壁が僕らの視界に入った所で、僕は空を殴った。

殴られた空間が勢いよく飛んでいき、衝撃となって、エネルギーの壁へと襲いかかる。

衝撃が壁にぶつかった瞬間、二枚目の壁も壊れる。

それを確認した瞬間――

もう一発！

「――ッ！」

「――!!」

今度は左の拳で空間を殴り、衝撃を飛ばす。虎もそれに合わせて風の球体を作って飛ばした。

しかし――

「「――」」

またすぐ後ろに一対の触手が生えてきて、三枚目の壁を形成した。

僕の衝撃と風の球体は、壁にヒビを入れるだけの結果に終わってしまう。

「……」

まじか、無尽蔵《むじんぞう》かよ。

全く崩せる気配の無い触手の防御に呆然《ぼうぜん》としてしまう。

でも……。

「……ッ、くくく、ははははは‼」

すぐに笑いが込み上げてきた。

なんだろうなぁ……全く突破口《とっぱこう》が見えないのに、そんな状況《じょうきょう》なのに、心臓の躍動が止まらない。気分が昂《たかぶ》って仕方がない。胸から熱い気持ちが溢《あふ》れてくるッ。

ははは！　最高じゃないか！

あの防御を突破した時、どんな気持ちになれるかな……？

くふふ、想像しただけで愉悦《ゆえつ》が止まらない。

あぁ……これだよこれ。

この昂りが僕の生を刺激《しげき》してくれるッ。

僕が勝手に昂っている所で、虎は静かになっていた。

触手が改めて、僕と虎に向けて口を向ける。

これまで、その時点ですでに動き出していたというのに、虎に動きは見えない。

触手が虎に向かってレーザーは放つ数秒前――――まで来た瞬間、

「――――！」

虎は動いていないというのに、急に四方八方へ向かう複数の風の斬撃が発生。触手の先端を切り離していく。

その後、虎に向かって――――大量の風が吹き始めた。

「「――――!!!!」」

悪寒《おかん》が走る。トリハダが立つ。

なんだ、この感じ。

まるで、これまで出会ったことのない存在が現れるかもしれないという期待感、とでも言うのだろうか？

虎が変わろうとしている。

「ははッ」

そのことに、思わず笑いがこぼれてしまった。

同じような感覚も触手も得たのだろう。

さっきまで僕に向いていた触手すらも虎の方に向きだし、口だけの触手はレーザーを、目だけの触手は刃を構える。

虎が分かりやすくパワーアップを図《はか》ろうとしている。わざわざそれを待ってやる気は無いということなのだろう。

でも、

「――――！」

僕は触手に向かって衝撃を殴り飛ばす。

それで、虎に向けてレーザーを放とうとしていた触手がいくつかやられた。

「まぁまぁ……待ってあげようよ」

僕は笑いながら、虎に攻撃を仕掛《しか》けようとしている触手に向かって突撃《とつげき》を始めた。

見てみたくなった、この虎がどのように変化するのかを。

これはあれだ、虎がしているのは、岩犀がやっていたのと同じやつだ。

つまり、あの犀と同じように、爆発的《ばくはつてき》に強くなる可能性があるってことでしょ？

僕はまだ見ぬ変化後の虎の姿に思いを馳《は》せる。

……楽しみだ。

僕は一瞬で虎の前まで移動して、虎に向かって攻撃を仕掛けようとする触手を次々と潰していく。

それでも、触手は虎を止めようと、四方八方から攻撃を仕掛けようとする。

僕は、その触手すらも虎の周りを走りながら潰していった。

触手の興味が、虎から僕へと移る。

僕を先に止めないと、虎に攻撃できないと気付いたのだろう。

複数の触手が僕へと向き――――レーザーを絶えず放ち始めた。

降り注ぐレーザーの雨。再生してもすぐに穴だらけにされる。

僕が攻撃してもすぐに再生するので、攻撃の手法を変えてきたか。

やばッ、これ抜け出せない。

再生した瞬間に壊されるから全く動けない。

「……」

即《そく》再生しても駄目《だめ》なら……再生しないまでだ。

僕は体にそうするよう念じてみた。

そうすると、僕の体は途端《とたん》に再生をしなくなる。

最初から、この再生は僕の意識と関係なく行われていた。

でも……案外、やってみるもんだなぁ。意識すれば、再生の有無《うむ》を変えられるのか。

あ、でも、駄目だ。光線一つ一つの大きさはそこまでじゃないから、雨のように降り注いでいても所々隙間《すきま》が生《しょう》じていて、僕の体の小さい肉片《にくへん》が残ってしまってる。完全に消し飛ばされた時は再生場所をある程度選ぶことができたんだけど……体が残ってると、その場でしか再生できないんだよなぁ。

くそぉ……！

そうして、触手は僕を拘束《こうそく》するのに成功した。

――しかし、それまでの間、触手の意識は完全にこちらへと向いていた。

虎に意識を向けるのを忘れていたのである。


「――!!!」


突然《とつぜん》、こちらに強風が迫ってきた。

それを受けて、触手の攻撃が止まる。

その機に僕は即再生を終えるんだけど……再生を終えた後、触手と同じように虎を見て止まってしまった。


風の膜《まく》がとっぱらわれ、再び現れた虎の姿は――――最初の姿に近いものだった。


しかし、最初とは明らかに違《ちが》う。

幻想的《げんそうてき》な、半透明な緑色の風が、虎の至る所から吹き出しているような感じ。

あまりにも美しい緑だから、淡く光を発しているようにも見える。

でもきっと、あの風も凶悪なんだろうな。美しい薔薇《ばら》にも刺《とげ》があるとも言うし。

それに……虎の表情からも、あの風が見せかけなんかじゃないって分かる。さっきまで怒りで歪《ゆが》んでいた虎の顔が、憎悪《ぞうお》でさらに歪み、鬼《おに》のような形相になっている。相当、力んでるよね、あれ。

「————ッ」

この肌《はだ》にピリピリくる感じ……これが強者の圧と言うものだろうか？

言外に告げられているようだ————お前と俺《おれ》では格が違う、と。

戦わずに格の違いを知らしめる強者《ばけもの》。

あぁ、なるほど……これは、最高じゃないか!!

「グルゥアアアァアアアアアアアアアアアアアアアアア!!!!!!」

□□□

昔、獣は絶対的な破壊者《はかいしゃ》として、この『果ての災厄《さいやく》の森』に君臨していた。

この世を破壊せんとして生み落とされ、自身もまた破壊者として絶対的な存在であると信じていた。

しかし、この世に『神』と呼ばれる存在が誕生してから、獣の獣生《じゅうせい》は大きく狂《くる》い始めることになる。

破壊者だった筈が、いつの間にか破壊される側へと回っており、いつ神に滅《ほろ》ぼされるかと怯《おび》える生活。

神との圧倒的《あっとうてき》な格の差を思い知らされ、獣の心は折れてしまった。

神に滅ぼされぬよう、自ら退化し、森から抜け出した。

つまりは、逃《に》げたのだ。

しかし、森を抜けてから、獣はこの選択《せんたく》を大きく悔《く》いることになる。

破壊者の獣生から敗北者の獣生へ。

自ら膝《ひざ》を折ったという事実が常に獣の心に付きまとい、森を抜けてからというもの、怯える生活から抜け出せたというのに、森を抜けるよりもさらなる苦痛を獣は味わった。

破壊者として生《せい》を受けた自分が、このような生き恥《はじ》を晒《さら》している。それがどれだけ獣の誇《ほこ》りを蝕《むしば》んだか。


故に、獣は決めたのだ――――もう一度、あの森に戻る、と。

あの頃《ころ》と同じ力を身につけて――いや、あの頃以上の力を育《はぐく》み、破壊者としての経歴に泥《どろ》を塗《ぬ》った神どもに復讐《ふくしゅう》する、と。

そこから、虎は狂ったように破壊と殺戮《さつりく》を繰《く》り返した。

逃げた自分に対する憤《いきどお》りを原動力に、自分と同じく神から逃げた獣を、外の世界で無秩《むちつ》序《じょ》に勢力圏《せいりょくけん》を伸《の》ばしていく人間どもを、その人間どもが創り上げた国を・文明を、破壊していった。

全ては、自分の成長の糧《かて》にするために。

そのためだけに、虎はひたすらに破壊を繰り返した。

そうして、虎は『歩く災害』と揶揄《やゆ》されるようになった。

通称《つうしょう》・風虎《かざとら》――これは、屈止無《くしな》と同じようにこの世に転生してきた男が付けた名である。

正式名称《めいしょう》は『猛《たけ》る暴威』ウィンウィルド・ヴェイガー。

猛《たけ》り憤り、今度こそ全てを破壊するため――虎は今日も牙《きば》を剥《む》く。

□□□

僕に意識を向けていた触手どもが一斉《いっせい》に虎の方へと向く。
僕と同じように、これまでとは違う虎の迫力《はくりょく》を感じたのだろう。
まるで本能が「あの虎を先に殺《や》れ」と叫《さけ》んだかのような、見事な切り替《か》えの速さだ。

だが、虎の前ではその一瞬すら遅すぎる。

触手どもが口を開け、僕も構えようとした頃には――すでに虎は僕達《ぼくたち》の真横まで来ていた。

「――！」

「――!?」

大木や触手、僕の体すら簡単に切り裂《さ》けるほど鋭利《えいり》な風が迫ってくる。
虎は動きを起こしていない。ただ僕達の真横に来ただけだ。
なのにそこから、虎を中心に強烈な風が襲ってきた。
僕も、僕の周りにいた触手どもも、この虎が起こしたであろう風によってバラバラの肉《にく》塊《かい》にされる。

これまでも、虎が動かなくても風に攻撃されることはあった。けど、それは、過剰《かじょう》にエネルギーを溜《た》めて爆発《ばくはつ》させてるような感じで、風を制御下に置いてるような感じは無かった。

でも、今のは……まるで、風を自在に操《あやつ》っているような……。

「！」

もし、本当にそうなら、この空間はこの虎が支配してることになる。

空間内の風全てを操れるなら、触手の化け物が展開する防御も、意味をなさなくなるんじゃ……。

「――――！」

虎の近くで再生を始めたら、虎が即、風の球体を放ってきた。

口から吐《は》き出された風の球体。先ほどと同じぐらいの大きさなのに、飛んでくる速度が段違《だんちが》いだ。しかも、内包しているエネルギーも莫大になっているのか、弾《たま》周辺に溢れている余波に触れただけで体が吹き飛ばされた。

風の球体は僕《ぼく》を吹き飛ばした後も直進を続け、木を吹き飛ばし、地面を削りながらも、何にも当たっていないかのように速度を落とさず、遠い地で着弾《ちゃくだん》。その後、遠くから鈍《にぶ》い爆発音《ばくはつおん》のようなものと、衝撃《しょうげき》の余波がこちらに伝わってきた。

触手の化け物はすぐに他の触手を全て虎へと向け、レーザーを放った。しかし、どのレーザーも、虎から溢れる緑色の風に弾《はじ》かれ、当たらない。

虎が、斜《なな》め上からレーザーを撃《う》ってくる触手に向かって、爪を薙《な》いだ。

それだけで、まるで爪と触手の間には距離《きょり》が無かったかのように触手は切られ、それどころか、虎の斬撃は天まで届き、空に浮《う》かぶ雲ですら切断してしまっていた。

「グルルルゥ……」

圧倒的だ、今の虎は。

あの刃や弾が触手の本体へと向かえば、それで決着がつきそうだ。

……そうだよな。虎からすれば、攻撃を当てればいいだけだ。それをすれば終わる状況なのに……なんでそれをしないんだ?

まるで、何かを待っているような……。

触手の化け物が次の行動に移る。

元々あった触手、新しく生えてきた触手、そのどれもが上を向き、口を開けた。そして、雲に向けて、口からエネルギーを吐き出し始める。

収束なんてしておらず、とてもレーザーとは呼べない。もう本当に「ただエネルギーを吐き出してみただけ」って感じ。今更《いまさら》そんなもの……しかも、虎に向けてではなく、空中に向けて放つなんて、何を考えているんだろ？

僕は上を向く。空はいつの間にか雲に覆《おお》われていて、薄暗《うすぐら》くなっている。

あんな雲に攻撃して、一体何を――

「――！」

突然、空から光が降ってきた。赤く輝《かがや》く、細く短い一つの線。それが僕の所へと着弾し、爆発した。

小さいのになんてエネルギーを内包しているんだッ。僕の体は吹き飛ばされる。

しかも、線は今の一つじゃない。

雲から、大量の赤い光が、地上に向かって降り注ぎ始めた。

まるで光の雨。触手のさっきの攻撃は、このためのものだったのか。

本当に雨のように光が降り注ぐ。しかも、厄介《やっかい》なことに、この線のどれも、どこかに当たっただけで爆発を起こす。それも高威力《こういりょく》の。

これじゃあ絨毯爆撃《じゅうたんばくげき》だ。いや、それよりも酷《ひど》い。

この辺り一面、地上は隙間なく、爆発が起き始めてしまった。

これは……やばい、再生ができなくなってしまった。正確には、再生してもすぐに吹き飛ばされる。

あまりにも異常な手数。これが奴《やつ》の本領《ほんりょう》といった所か。

しかし、この爆発も、虎には効いていないように見える。全部風で弾かれ、爆発の衝撃も通らないようだ。その証拠《しょうこ》に、爆発が起きても、虎の毛が全く乱れていない。

爆発で空気が乱れているというのに、集められる範囲《はんい》で、虎はまた風を集め始めた。

なんだ、これ以上まだパワーアップすると言うのか？

「――」

いや違う。

これは――

ある程度、風を集め終えた瞬間《しゅんかん》、虎が突撃を始めた。

周りを覆う風の輝きは一層増し、噴出《ふんしゅつ》される勢いもまた増している。

まるで弾丸《だんがん》の如し。

元々音速を超えているような感じだったが、これはそれよりも段違いで速い。この戦闘の中で一番だ。

当然、触手《しょくしゅ》の化け物は地面から一対の触手を生やし、壁を展開する。それも、距離を空けていくつも。

しかし、あの岩犀よりも硬《かた》かったエネルギーの壁が、虎にぶつかった瞬間――まるで硝子《ガラス》細工のように割れていった。

虎は壁が壊れても構わず進み、どんどんと壁を破壊していく。

凄《すご》すぎでしょ、あの壁をこんなにも容易《たやす》く割るなんて。

弾丸のように進む虎。全く減速せず進み――――とうとう、化け物の目の前にあった最後の壁ですら破壊。そのままの勢いで、虎は触手の本体へと突っ込んだ。

壁ですら耐えられなかった虎の突撃に、触手の本体が耐えられる筈もなく。

虎の超突撃《ちょうとつげき》。

難なく虎は触手の本体を上部と下部で二分してしまった。

触手の体が貫《つらぬ》かれたことを証明するように、攻撃の余波で、空を覆う雲に大穴が空く。

やりやがった……！

触手の化け物の核《かく》と思わしき紅の宝玉の輝きが、失われていく。

それと同時に、全触手の活動が停止。力なく触手どもが地に落ちていった。

光の雨が降りやむ。それと同時に、僕もまた即時《そくじ》再生を終える。

「ははは……！」

なんだろ……僕がやった訳でもないのに、凄く体が熱くなる。

凄い……凄い、凄いッ。凄いなぁ……ッ！　凄い！

「……」

でも……。

こんなにも昂っているというのに……何か違う。

これもこれで良いけど……。


いや、違うだろ。


これじゃない。これじゃない……！

僕は地を蹴《け》る。


どんどんと、核が付いてる触手も萎《しぼ》んでいく。

そして、それと同じく、虎《とら》が纏っていた風もまた、何故《なぜ》か消えていった。

まるで、一つの戦いが終わったことを証明するかのよ――

「――！」

これで触手は絶命するかのように思われた。

しかし、再び触手の核に輝きが灯《とも》る。

そして、触手の本体から数多《あまた》の触手が生え始め、虎を覆い尽《つ》くすように伸び始めた。
触手が再度攻撃《こうげき》を始めている――というのに、虎は動かない。
空中だから？　違う、纏われていた風が無くなったからか。
触手が行動を再開したことに、動揺《どうよう》しているのが伝わってくる。
言ってしまえば隙《すき》。形勢逆転。触手が虎を捕食《ほしょく》しようと――

「駄目だよ」

僕はすでに触手や虎の上空まで跳んでいた。

「君も、虎も」

拳を握る。

「僕の獲物《えもの》だ」

その拳を、触手の本体に向けて振《ふ》り下ろした。

触手に付いている核にヒビが入る――いや、僕が拳を振り切った瞬間、核が壊れる。

そして、触手はそのまま、細胞《さいぼう》が結合を忘れたが如く分解を起こし、僕の拳が起こした衝撃が真《ま》っ直《す》ぐ地面に到達《とうたつ》する頃には、完全に原子へと還《かえ》っていた。僕の起こした衝撃により、地面にクレーターができあがる。


虎は驚《おどろ》いたようにこちらを見ていた。

僕はその虎に向けて笑《え》みを見せる。

それで虎が目を見開いた――が、その後、これまで憤っていた虎には似つかわしくない表情――笑みを浮かべているような気がした。

少し距離は空いたが、お互《たが》い地面に着地する。

ねぇ、虎さん。僕達はまだ生きてる。なら――決着をつけないといけないよね。最後の最後までやってくれるよね。やらないと、駄目だよねッ。

僕は一歩踏み出す。虎もまた、あの幻想的な緑の風を纏《まと》い始めた。

お互いに突撃を開始する。

刹那《せつな》の時間で肉迫《にくはく》。

お互い高速で接近し、その勢いのまま、僕は拳を、虎は頭突《ずつ》きを、くり出した。

攻撃がぶつかった瞬間、辺りに破壊の衝撃が行き渡《わた》る。地面が削れ、空気が凶器《きょうき》のように吹《ふ》き荒《あ》れた。

お互いにお互いの攻撃が通り、僕の体はバラバラに、虎の頭は陥没《かんぼつ》し、血涙《けつるい》を流す。

初めて攻撃が当たった……！

しかし、威力が削られ、一発で絶命という訳にはいかないか。

それでも、かなりのダメージになったみたいだ。虎が体を震《ふる》わせ、動きを止める。

でも、僕は即時再生。ダメージなんてあって無いようなものだ。虎へ突撃を再開する。

けれど、それで黙《だま》っている虎ではないことを僕は知っている。

僕がまた接近する前に、虎は目を血走らせ、風の咆哮《ほうこう》を放ってきた。

それでまた僕の体はバラバラにされる。

「ははは！」

流石！　ダメージを受けて尚《なお》、こんな威力を出すなんて！

僕は即時再生し、再び虎へ突撃。

流石に、こんなに早く切り替えられては、流石の虎もダメージを受けた状態では対応できなかったのか、今度こそ僕は虎へと接近を果たす。

今度こそ、取っ――

「――」

え？

また、虎には似つかわしくない表情。穏《おだ》やかな笑み――最後、虎がそれを浮かべた気がした。

□□□

虎は憤っていた。

何に対してもだ。逃げた自分に、弱いクセにちょっかいをかけてくる人間どもに、気に食わないことばかり起こるこの世界に――虎は憤っていた。

しかし、それら全てを食らうために強くなると決めたのだ、虎は。そのために、数多を潰《つぶ》してきた。

だが――その途中《とちゅう》で、虎の成長は止まってしまった。

理由は簡単、自身としのぎを削《けず》れる相手がいなくなったからだ。

そこまで強くなってしまったのだ、虎は。

しかし、他のものより強くなったといっても、神には届かぬ強さであった。

全てを食《く》らうには足りなかった。

故に、憤りが強くなった。

成長を、世に止められたような気がしたから。

『何故、お前達《たち》はそこまで弱い⁉ 何故、這《は》い上がろうとしない⁉ 何故逃《に》げる⁉ 何故戦おうとしない⁉ 何故！ 何故！ 何故‼ 俺はいつになったら強くなれる⁉ 俺はいつまで憤ればいい⁉ ………いつになったら、諦《あきら》められるんだ？』

そんな思いを、抱《かか》え続けてきた。


虎は、ここに来てやっと、自分としのぎを削れる相手に出会えた。自身をさらに強くしてくれるかもしれない相手に、出会えた。

それと同時に――――自身が呪《のろ》いのように抱え続けてきた憤りを終わらせてくれる相手に、出会えたのだ。

この世に生まれ落ちて、虎は初めて、感謝を抱《いだ》いたのだった。

□□□

虎に僕の拳《こぶし》がぶつかる。

その瞬間、虎の肉は吹き飛び、骨は砕《くだ》かれ、命が、消滅《しょうめつ》した。

拳が生み出した勢いは、虎を絶命させても止まることはなく。

まるで虎が消滅したことを知らせるように、先へ先へと進んでいった。

細かく散った血肉が、地面へと落ちてくる。

僕はその中で、虎を絶命させた自身の拳を眺《なが》めていた。

「………ッ」

勝った……！　やってみせた！

あの触手に！　あの虎に！　これまで出会ってきたどの相手よりも強者だった存在に！　僕が!!　勝ったんだ!!!

「……くくッ」

体が熱くなる。さっきの比じゃない。トリハダも立つ。興奮もしている。心臓の鼓動《こどう》がうるさい。高鳴っている。

愉悦、達成感、喜び――そんなちゃちな言葉では言い表せない！　この感動こそ、僕

の求めていたもの‼

勝った……勝った！　この僕が、勝ったんだ‼

「ははははは！　はははははははは‼」

圧倒的手数も、圧倒的速度も、圧倒的攻撃力《あっとうてきこうげきりょく》も、その全てを受けて尚、僕は勝ってみせた。

これ以上の勝利があるか⁉　これ以上の戦いがあるのか⁉　これ以上の――感動があるのか⁉

「は　は　は　は　は　は　は　は　‼‼」

これまでの無為《むい》な日々も、このためにあったんじゃないかと思えるほどの多幸感。

あぁ……あぁ……！　僕は今、きちんと生きてる！　それを実感できるッ！

さいっこうだぁ……！

□□□

この森にいるのは似つかわしくない、豪華《ごうか》な衣装《いしょう》に身を包んだ男が、森の中を歩きなが

ら、とある方向を見上げていた。そう、アガト達を無慈悲《むじひ》に殺した、あの男である。

「……死んだ？」

時間としては丁度、屈止無《くしな》が触手の化け物を倒《たお》した頃。

触手の化け物の死滅《しめつ》を、男はハッキリと知覚していた。——男が歩いている場所からは、戦場が確認《かくにん》できないというのに。

「……死んだな。間違《まちが》いなく。気配を消したのでもない。そもそも、僕から気配は隠《かく》せない。ということは……やはり死んでるな」

男は、その事実を確認した——瞬間、大きく顔を歪ませる。

「チッ、なぁにが『条件次第《しだい》では神とも競り合える』、だぁ。こんな浅瀬《あさせ》にいる魔獣《まじゅう》に、しかも『使うことはない』と言っていた『解放』まで使って、負けてるじゃないかッ。どいつもこいつもテキトーなことヌかしやがってッ」

男は酷く苛立《いらだ》っているようだった。

何《なに》を隠そう、あの触手の化け物と男には、小さいながらも関係があった。いや、正確には、化け物の創造主と面識がある、と言った方が正しいか。

その創造主が言っていた話と違うこの現実に、男は苛立っていたのだ。

「やはり駄目だな。あいつらは所詮紛《しょせんまが》い物。神を自称《じしょう》するだけのちっぽけな存在だった訳だ。それを認めずに出しゃばるからッ、僕が尻拭《しりぬぐ》いをする羽目になるんだろうがッ。ああもう！　腹が立つ……！」

男は頭を掻《か》き毟《むし》りながら。怒《いか》りを強めていた。

「なぁんでこの僕がッ、この世で一番強くッ、尊ばれなきゃならないこの僕がッ、尻拭いなんていう雑用をしなきゃならないんだ！　おかしいだろ！　間違ってる！　この世界はやはり間違ってる!!　あぁもうクソクソクソクソクソぉ！　クソォ!!　クソがぁぁぁ!!!　早くしなければ……一番偉《えら》い僕が、こんなにもストレスを受けるのは間違ってる！　早く正さなければ……早くぅ、一度全て殺してッ、新しく創造しなければ！　この間違ってる世界を正すためにッ、一度全てを無くさないと……！　……ああそうだ。そう、そうだ！　そのためにはまず、このクソみたいな世界を創った元凶《げんきょう》、神を詐称《さしょう》する愚《おろ》か者どもを殺し尽くさなければ！　そう……それができて初めて、僕とあの方の完璧《かんぺき》なる計画が動き始めるッッ。……くふふふふ、楽しみだなぁ。最初は、この森に住む神もどきどもからだぁ……！」

苛立っているのかと思ったら、急に笑い始める。この男の情緒《じょうちょ》はどうなっているのだろうか。

そうやって歩く男の後ろから――――男の命を狙《ねら》う獣《けもの》が二体。地球で言う所のゴリラに近い形をした魔獣達《まじゅうたち》が、涎《よだれ》を垂らしながら男を狙っていた。

それに気付いたのか、男は立ち止まる。笑みも、いつの間にか消えていた。

「……おい、まさかとは思うが……低俗《ていぞく》で大した知恵《ちえ》も無い獣風情《ふぜい》が、この僕を、餌《えさ》に見ているのか……？」

男は振り返り、血走った目で獣達を見据《みす》える。その形相はまるで異常者のそれだ。

魔獣達は楽に狩《か》れる獲物でも見つけた気分なのだろう。陽気に笑い出し、ジワジワと男との距離を詰《つ》め始めた。

「……ッ、下等な獣風情がぁ……！　この僕を不快にさせるとは！」

男は右の肘《ひじ》から下を上に振り上げる。

それをした——瞬間、まるでそこだけ重力が強くなったかのように、魔獣二体が平たく潰れてしまった。【危険度ランク】Sの魔獣が、呆気《あっけ》なく、瞬殺《しゅんさつ》されたのだ。

「ゴミクソがッ」

男はそれを見下《みくだ》しながら、また森の奥《おく》を目指して、歩みを再開するのだった。

# 3章　最後のピース

日本のとある街にある、その国では有名なお嬢様《じょうさま》学校。

とある企業《きぎょう》の社長令嬢《れいじょう》や、財閥《ざいばつ》の娘《むすめ》など、生まれながらのエリートが集まるこの学校には、今日も今日とて、麗《うるわ》しい生徒達が登校をしていた。

車で送ってきてもらう者もいれば、学校近くにある学生寮《がくせいりょう》から歩いて登校する者もいる。

こんな学校に通っていなければ、決して見ることのできない異質な光景。

しかし、生まれながらのエリートである彼女達には、見慣れた光景である。

彼女達は、いつもの日常の中を優雅《ゆうが》に登校していた。

どの女子生徒も、自分の生まれに誇りを持ち、幼い頃から英才教育を受けてきた者達。

容姿端麗《ようしたんれい》・才色兼備《さいしょくけんび》。

そして、隣《となり》の者と話し・笑いながらも、心の中では相手を見下し、どう自分を上げるかを考えている、そんな一癖《ひとくせ》も二癖《くせ》もある生徒達。

――しかし、その女子生徒だけは違った。

どの生徒も『どう成り上がるか』を考えている中、彼女《かのじょ》だけは『どう現状を維持《いじ》するか』を考えていた。

現状、つまりは頂点。

彼女は誰《だれ》もが認める頂点だった。それを彼女も自覚していた。

まるで月明かりのように、派手ではないが美しい金髪《きんぱつ》をツインテールにし、右手首にはブレスレット、首からネックレスをぶら下げている。その場の熱を奪《うば》うような、他人を凍《い》てつかせる青藍《せいらん》の瞳《ひとみ》、整った鼻、容姿からすでに一級品。身長は百五十後半、胸は慎《つつし》ましながらも、尻《しり》は大きく、容姿と共に、見る者を魅了《みりょう》する。

白い制服の上から、フードと袖《そで》にファーが付いたジャケットを羽織っている彼女は、いつものように胸を張りながら登校をしていた。

彼女が通れば、誰もが脚《あし》を止め、彼女を見だす。お嬢様学校に通う一癖も二癖もある生徒達でさえも。

ある者は羨望《せんぼう》を・ある者は嫉妬《しっと》を。

込《こ》める感情に違いはあれど、誰もが彼女に視線を向けていた。

どうやっても注目を集めてしまうほど、その女子生徒――華鏡院瑠菜《かきょういんるな》は特別だった。

彼女が優《すぐ》れているのは何も容姿だけではない。勉学・運動・芸術、その他あらゆる分野に関する才能を彼女は有していた。

彼女にとって知識・技術とは、一度見れば習得できる程度のものでしかなかった。一度見れば、匠《たくみ》が何年・何十年とかけて習得した技術すらもほとんど完璧にものにしてしまう。

異常なまでの習得速度。

それ故に、父親は彼女を連れ回し、世界各地のありとあらゆる技術を彼女に習得させようとした。そして、見事、彼女はそれに答えてみせた。

まるで「特別であれ」と神に祝福された、才能の宝庫。

やれと言われればできてしまう――まさにオンリーワン。


そんな彼女は、今日も今日とて護衛もつけずに一人で登校をしていた。


それは、護身術のレベルが人よりも高いものだからという驕《おご》りと、矜持《きょうじ》。『華鏡院』である自分は、誰かに守ってもらうような軟弱《なんじゃく》な令嬢であってはならない、という矜持。

それと、尊敬する父に「自分はもうすでに一人前である」という証明をしたかった、というのもある。最近、新事業に手を出し、見事成功を収め、さらに遠い存在になってしまったように感じる父に、少しでも早く追いつきたいという気持ちがあったのだ。所謂《いわゆる》、焦《あせ》りである。

そんな理由から、護衛を言いくるめ、彼女は一人で登校していた。

彼女がそんな思いを抱えているとは露《つゆ》知らず、今日も今日とて令嬢達《れいじょうたち》は華鏡院瑠菜に視線を向けていた。

自信に満ち溢《あふ》れた姿に惚《ほ》れ惚《ぼ》れし、抑《おさ》えきれないオーラに目を眩《くら》ませていた。

――――そんないつもの日常の中、急に悲鳴が上がった。

普通《ふつう》なら令嬢と護衛、教師しかいない筈《ハズ》の場に、パーカーを着てフードを深く被《かぶ》った場《ば》違《ちが》いな男がナ、イ、フ、を持って、走ってきたのだ。

いくら英才教育を施《ほどこ》されてきた令嬢達と言えど、この非日常に驚くのは当然だろう。

男の目標は――――華鏡院瑠菜。

男が左手に持ったナイフを瑠菜の腹に向けて突《つ》き出す。

「――――」

しかし、瑠菜は動じることなく、屈んでナイフを躱《かわ》した――と思ったら、即座《そくざ》に男の背後へ移動して、男の左手を取り、男を倒した。

男の左手を男の背中側に回し、男の上に乗りながら、空いた手で男の体を押《お》さえる。

流れるような動きだった。一瞬《いっしゅん》、押さえられた男でさえ何が起きたか分からずに呆然《ぼうぜん》とするぐらいに。

周りに居た令嬢達も呆然としていた――が、男が完全に取り押さえられたのを見て、拍手《はくしゅ》をし始めた。「流石《さすが》は瑠菜様だ」と。最早《もはや》、瑠菜が普通とは違《ちが》うことをするのは、彼女達の間では当たり前のようだった。

「拍手はいいから、早く警察へ連絡《れんらく》をしてくださらないかしら？　あと、先生方。いつまで生徒に不審者《ふしんしゃ》を拘束《こうそく》させておくつもりかしら？　とっとと替わってくださらない？」

瑠菜にそう言われて、周囲は慌《あわ》てて行動を始める。

すでに、場の雰囲気《ふんいき》は落ち着こうとしていた。突然《とつぜん》起こった非日常。しかし、華鏡院瑠菜にとってはこの程度、アクシデントにさえなり得ない――皆《みな》、誰しもがそう思い、気を抜《ぬ》こうとしていた。

しかし、瑠菜にとって不幸だったのは――男が左手に持っていたナイフが、取り押さえた際に、男の右手近くに落ちてしまったこと。

「…………え？」


それは、誰の声だったか。

突然、男の右腕《みぎうで》の関節がおかしな方向に曲がり――瑠菜の右脇腹《わきばら》辺りにナイフが突き刺《さ》さった。

瑠菜の白い制服が、血で塗られていく。

「瑠菜様⁉」

「キャァァアアアアア‼‼」

「ちょッ、何してらっしゃるの！　早く瑠菜を助けに行きなさいな‼」

何故こうなったのか分からず困惑《こんわく》する者、血を見て悲鳴を上げる者、友人である瑠菜のために声を荒《あら》らげる者、場には再び混乱が生まれつつあった。

しかし、華鏡院瑠菜だけは冷静だった。

このままナイフを抜かれ、再び刺されるのを防ぐため、男の自由を奪ったまま、体を右回りに半回転させ、男の手がナイフへ届かないようにし、さらに、全体重をかけることで男への押さえをさらに強くしていく。

ナイフを抜かれたら、最悪出血多量で死ぬ。男を自由にしても危ない。故に、これが最善。

ありえないことが起きたにも関わらず、瑠菜は最善の一手を選び、実行していた。

このまま行けば、教師が間に合い、男の拘束を瑠菜と交代し、呼ばれた救急車に乗って、病院で治療《ちりょう》を受け、瑠菜は無事に一命を取り留められるだろう。


――そう、これが単独犯だったなら。


「瑠菜様!!」

「――――」

いきなり、彼女のいる場に影《かげ》が被さる。

いつの間にか、瑠菜の後ろには、両手で持ったレンガを振り被っている男がいたのだ。

こんな状況《じょうきょう》とはいえ、瑠菜は決して気を抜いていなかった。共犯、同じ思考を持った不審者が複数いるかもしれない、その可能性を考慮《こうりょ》し、周りにも気を配っていた。

しかし、それでも、真後ろに立たれるまで気付けなかった。

瑠菜だけでなく、ここにいる誰一人《だれひとり》として、その男が瑠菜の背後に立つまで、気付けなかった。

あまりにも非日常が過ぎる事態、すでに負傷している瑠菜に為《な》す術《すべ》などなく——レンガで頭を殴《なぐ》られ、瑠菜の意識は闇《やみ》に閉ざされていった。

□□□

「……どこよ、ここ」

気付けば、瑠菜は森の中に居た。

鬱蒼《うっそう》と生い茂《しげ》る木々に囲まれた場所。

この場所に心当たりなど無い瑠菜は、軽く混乱していた。

（はぁ……落ち着くのよ華鏡院瑠菜。こういう時こそ、以前までの記憶《きおく》を遡《さかのぼ》るのよ）

瑠菜は握《にぎ》った右手をおでこに当て、記憶を探《さぐ》り始める。

そうして、記憶を探っていき——思い出すべきではない記憶を思い出したのか、一気に顔面蒼白《そうはく》となり、遂《つい》にはもどしてしまった。

「……ッ、そうだ……」

彼女は、思い出していた――自分が殺される前の記憶を。

正確には、頭を強く殴られ、気を失った時の記憶。鋭《するど》い痛みに、血の気が急速に引いていく感覚。どれも日常では感じられない感覚だったからこそ、体がその感覚を思い出すのを拒否《きょひ》し、もどしてしまった。

「……それで、なんで私は生きてるのかしらね。そもそも、どうしてここに？　拉致《らち》された？」

彼女は考えを広げていく。

（実は死んでいなくて、治療された上に、この森に捨てられた？　じゃあどうして治療したのかしら？　そもそも捨てるなら、どうして拉致なんてするのよ。いや、実は実行犯がすぐ近くに居たりするのかしら？　なら、なんで縛《しば》られていないのかしら？　自由にさせておく意味が無いわ。いや、そもそも、あの男達がこの森に運んだと考えるのは早計？　途中で他勢力の邪魔《じゃま》に遭い、紆余曲折《うよきょくせつ》あって私は森に――無理があるわね、これは）

しかし、どんなに考えても、この状況に納得《なっとく》ができない。

（……それにしても、頭をレンガで殴られた割に、全く痛みが無いわね。脇腹だって。服も元の状態に戻《もど》っているし……どうなっているのかしら？）

瑠菜は自分の状態を確認する。体は健康そのもの。あれだけ血が広がっていた制服ですら、今では新品同様の状態へと戻っているのだ。明らかに不自然。

（まるで、あの出来事が夢だったみたい。そんな訳はないのだけれど）

瑠菜は苦笑《くしょう》する。結局、どれだけ考えても今の状況が説明できないが故に、諦めの境地に至ってしまったようだ。

（とりあえず、移動しましょう。このまま森にいては飢《う》え死《じ》にしてしまうわ。危険な野生動物だって居るかもしれない。この森がどれだけ広いのかを確認して……そうだ、水も見つけないと）

瑠菜は考えを切り替《か》え、この状況から生還《せいかん》する方法を模索《もさく》し始める。

彼女は『華鏡院』。日本どころか世界でも有数の財閥のトップの家柄《いえがら》。しかも、その家の中でも『才能の宝庫』とまで言われる天才。

訳も分からずこんな状況に追い込まれたとはいえ、混乱して立ち止まるなんてことはありえない。

この場から移動するため、歩を進めよう――――とした所で、突然、大地が揺《ゆ》れた。

「――――ッ、何⁉」

あまりの揺れの大きさに、立っていられなくなる。

彼女は片膝《かたひざ》を地面に着いて、状況の確認を始めた。

「――ッ」

しかし、揺れはその一度だけではなく。

その後、何度も揺れが起こる。

地震《じしん》のような揺れではない。激しい衝撃《しょうげき》による、単発的な揺れ。その揺れが何度も起きている。遠くから、衝撃による轟音《ごうおん》も聞こえてきていた。

「……ッ」

瑠菜は、あろうことか、その音がどんどん近づいてきているのを感じていた。

何が現れるのか、未知の怪物《かいぶつ》の出現を予想し、彼女は冷《ひ》や汗《あせ》を流し、唾《つば》を飲む。

そして――

「ッッッ」

突然、木々をも吹き飛ばすような強風――もとい、衝撃が彼女の横を通過する。

瑠菜は、衝撃の余波である強風に当てられ、反射的に両腕《りょううで》で頭を覆《おお》った。

衝撃はほぼ一瞬で彼女の横を通過し、その衝撃の通った跡《あと》を記すように地面は抉《えぐ》れている。

まるで、獣の王をお通しするために用意された、道だ。

彼女は、その道から現れる存在に対して、驚愕《きょうがく》と警戒《けいかい》と――一抹《いちまつ》の恐怖《きょうふ》を覚えて、その存在が現れるのを待っていた。
逃《に》げなかったのは、逃げても無駄《むだ》だと感じていたから。このような破壊《はかい》をくり出せる相手から逃亡《とうぼう》を図《はか》った所でたかが知れてる。
それならば、せめて堂々と対峙《たいじ》してやろうと、彼女は道の先を睨《にら》みつけていたのだ。

そして――

「………」

道の先から――

「……え?」

歩いてきたのは――

「あ、どうも」

黒髪《くろかみ》の好青年だった。

こんな森で、しかも、あんな馬鹿げた衝撃が起きたすぐ後で、普通に挨拶《あいさつ》をしてくる全裸《ぜんら》の青年。

その歪《いびつ》でちぐはぐな存在に、瑠菜は久方ぶりに呆《ほう》けてしまうのだった。

□□□

「ふむ、上手《うま》く出会えたようだな」

真っ白な空間。ギャルっぽい見た目の少女は、タバコを吸いながら、何も無い虚空《こくう》を眺めていた。否、彼女以外の者にはそういう様子に見えるというだけで、少女には何かが見えているようだが。

「可能性は感じていたが……ここまで上手くいくとはな。やはり、私の勘《かん》は素晴《すば》らしい。ここまで上手くいくとなると、自分の才能が恐《おそ》ろしくなるな」

彼女は右手で口を押さえながら笑う。

「奴《やつ》と彼女なら、騎士《きし》と主《あるじ》の関係になれるだろう。私の勘がそう告げている。問題はその先だ。いくら優秀《ゆうしゅう》な私と言えど、彼女が器として成立した後の展開は予想できない。……ふふふっ、いいなぁ。それでこそ面白《おもしろ》い。どう転ぼうとも、この世界が混乱の渦《うず》に巻き込まれるのは間違いない。ふふふっ、楽しみだぁ……ナリティアの奴は、どんな顔をするかな？」

彼女は歪な笑みを浮《う》かべる。見る人をゾッとさせるような恐ろしい笑みを。

「さぁ、屈止無《くしな》よ……必ず届けろよ。そのために私はお前にその『スキル』をやったのだ。存分に活《い》かし、存分に暴れてくれ。まだ足りん。もっとできる筈だ。もっと……もっと、私を楽しませろッ」

誰もいない空間で、少女は一人、肩《かた》を震わせて笑うのだった。

# あとがき

『貰った三つの外れスキル、合わせたら最強でした』一巻をお手に取っていただき、ありがとうございます。

うぅウェ～～～～～～ぇい!!　皆さん元気してますかぁ～～～!?

どうもぉ～～～～雪ノ狐でぇ～～～す!!　よくツチノコにちなんでユキノコと呼ばれる悲しき狐でぇ～～～～す。

最近、複数の仕事が重複してhighになっておりまぁ～～～スッ。

…………はぁ。

では、改めて、『雪ノ狐《ゆきのきつね》』です。

名前を「ユキノコ」と読まれて悲しいです、的なことを言いましたが、実は、呼ばれ方にそこまで拘《こだわ》りが無いので、好きに呼んでもらって構いません。「ユッキー」でも「ユキツネ」でも「キトゥーネ」でもお好きに呼んでください。

あ、でも、「ユキコ」だけは駄目です。それはアカン、アウト、厳禁。絶対に呼ぶな、OK？

……よし、とまぁ、自己紹介はこんな感じでいいでしょう。

改めて、本作はいかがでしたか？　内容が内容だけに驚かれた方が多数いらっしゃると思います。内容を読む前に『あとがき』を読む方もいらっしゃるのかな？　だとしたら、あまりここでネタバレをしない方が良いですね。ぜひ、こちらを読んだ後、本作をお楽しみください。

最初は趣味の範疇《はんちゅう》で始めた本作、それがここまで話が大きくなったことに、作者である私も驚いております。人生、何が起こるか分からないとはまさにこのことですね。ビックリ仰天雨あられ、ですよ。

ですが、せっかく掴んだチャンスです。このチャンスを離さぬよう努めていこうと思います。

さて、話は変わりますが、プロフにも書いた通り、私、ハッピーエンドな作品が大好きなんですよ。逆に、好きな主人公が報われない話や好きなヒロインが主人公と結ばれない話が許せないんですね。例え、完成度が高い作品であろうと、それはそれ、これはこれ、です。賞賛や感動はすれど、どうしてもモヤモヤが残ってしまうんです。

気に入ったキャラには幸せになってもらいたい、この気持ちのどこが間違っているというのかッ。

あ、あくまで個人的感想ですよ？　批判をしたいとかそういう訳じゃないですから。主人公が報われない系物語で好きな作品もありますし。これは私が物語を書く上での信条、みたいに思ってください。

と、話が逸れました。てな訳でね、ハッピーエントが大好きな私は、この作品もハッピーエンドに持っていこうと思っている訳ですよ。本作を読んだ方なら分かると思います。すでにハッピーエンドに繋がる伏線がいくつも散りばめられていることに！

…………え？　そんなの見つからない？　ハッピーエンドに繋がるとは思えないって？

そう？　そうかな？　……そっか。

まぁまぁまぁまぁ、これはまだ序章ですしね。ここから物語がどう転ぶかは誰にも分かりませんよ、作者であるこの私にも！

ぜひぜひ、次もお手に取っていただけると嬉しいです。

最後になりましたが、イラストレーターの増田幹生先生、担当のK様、S様、この作品に携わってくださった全ての方々に感謝申し上げます。

雪ノ狐でした、バイバイ！

HJ NOVELS
HJN77-01

# 貰った三つの外れスキル、合わせたら最強でした 1

2023年9月19日　初版発行

著者――雪ノ狐

発行者―松下大介
発行所―株式会社ホビージャパン
〒151-0053
東京都渋谷区代々木2-15-8
電話　03(5304)7604（編集）
03(5304)9112（営業）

印刷所――大日本印刷株式会社

装丁――小沼早苗（Gibbon）／株式会社エストール



Printed in Japan

ISBN978-4-7986-3272-8　C0076